시간이
너를
증명한다

시간이
너를
증명한다

뤄후이 **지음**
차혜정 **옮김**

 쌤앤 파커스

차례

시간이 당신의 모든
수고와 노력을 기록해줄 것이다

《시간이 너를 증명한다》의 한국어판 출판을 앞두고 한국 독자들에게 뭐라고 쓸지 망설이다가 내가 처음 글을 쓰게 된 이야기를 꺼내보기로 결심했다. 어렸을 적 나는 부모님이 바쁜 관계로 할머니와 할아버지 손에서 자랐다.

그분들은 많이 배우지는 못하셨으나 공부를 많이 하면 출세할 수 있다는 말을 굳게 믿으셨다. 그래서 나에게 자주 책을 사다 주셨는데 대부분 이해하기 어렵고 두꺼운 책이었다. 그때마다 할머니는 사전을 꺼내주시며 스스로 의미를 찾아보라고 하시는 가 하면 내용을 몰라도 일단 다 외우면 언젠가는 이해할 거라고 하셨다. 어떤 책이 좋고 어떤 시가 훌륭한지 모르셨던 할머니는 단순히 외우기만 하면 손녀딸이 인재로 성장할 거라고 생각하신 듯했다.

어쨌든 책을 많이 읽고 글자를 자주 본 탓에 자연스럽게 뭔가를 쓰기 시작했던 것 같다. 이를 눈여겨본 큰아버지가 어느 날 나에게 시를 한 편 써서 보내주면 사보에 실리도록 추천해주시겠다고 했다. 두 달 동안 끙끙대며 4편의 시를 썼다. 반년쯤 지났을 무렵 큰아버지가 신문 한 부를 가져오셨다.

"후이야, 이것 좀 보렴. 네 시가 신문에 났구나!"

나는 너무나 벅찬 나머지 한동안 그 사보를 누가 뺏어 가기라도 할까 봐 밤낮으로 품에 지니고 다녔다. 할머니는 우체국에서 원고료를 받아오시며 내가 기념으로 보관하게끔 우체국 직원에게 사정하여 전표까지 챙겨다 주셨다(원래는 돈을 받으면 전표는 우체국에 제출해야 한다). 나는 전표 뒷면에 비뚤비뚤한 글씨로 이렇게 썼다.

나는 커서 작가가 될 것이다.

할머니는 시가 실린 사보와 전표를 알루미늄 상자에 고이 넣어두셨다.

시간은 빠르게 흘렀다. 극작가가 되고 싶었던 나는 대학을 졸업한 뒤 그나마 글과 가까이 지내고 싶은 마음에 한 유서 깊은 출판사에 들어갔다. 하지만 상상했던 것과 다르게 출판사의 환경은 무겁고 답답했다. 그곳에서 4년을 일하면서 잃은 것도 얼은 것도 많았다. 그렇게 본격적으로 사회생활이 시작됐다.

세상은 너무나 신선하고 자극적이었으며, 재미있는 일을 더 많이 경험하고 싶었다. 문득 글 속에 파묻혀 지내는 것은 너무 억울하며, 그럴 가치도 없는 것처럼 느껴졌다. 출판사를 그만두고 분야가 전혀 다른 한 영상 기업에 입사해 광고 일을 했다. 스물여덟 살 때는 음악 회사로 자리를 옮겼다.

이 기간에 나는 베이징에서 일하는 다른 젊은이들과 마찬가지로 끊임없이 쓰러지고 일어나기를 반복했다. 조용한 문학 세계에서 걸어 나와 펄펄 끓는 '용광로'로 뛰어들 때 모든 열기와 고통이 나에게 몰려왔다. 무시당하거나 지탄받은 적도 있었고, 버림받거나 모욕당한 적도 있다. 사람들에게 상처를 주기도 했으며 상처를 받기도 했다.

물가는 점점 오르는데 통장 잔고는 늘 그대로였다. 결혼한 친구들이 아이를 낳고는 자신의 SNS에 "나는 평생 바라는 것이 없다. 이제는 자식이 좀 더 잘되었으면 좋겠다"라고 써놓은 것을 보았다. 늙어가는 부모님의 얼굴을 바라보면, 더 열심히 일해 그분들을 편안히 모셔야겠다는 생각이 들었다. 나는 그렇게 세상에 길들여졌고 결국 눈을 감은 채 침묵했다. 적당히 얼버무리는 웃음과 착하게 고개를 끄덕이는 법을 배웠다.

'그래, 이것이 삶이야.'

세상이 내게 조용히 일러주었다.

얼마 후 할아버지와 할머니가 몇 년 사이에 잇달아 세상을 떠나셨다. 나도 모르는 사이에 아빠가 장서를 고물상에 내다 팔았다. 판 돈으로 술을 사서 드셨다고 했다. 할머니가 보관해준 알루미늄 통은 이사하면서 사라졌다.

나는 1년에 한 번도 서점을 찾지 않았으며, 잡지도 사지 않았고, 글을 쓰는 일도 거의 없었다. 사람들과 원만하게 지내는 법을 알게 되었고 사교적인 미소와 비위를 맞추는 말도 능숙하게 구사했다. 말썽을 줄이고 돈을 더 벌 수 있다면 뭐든지 할 수 있었다. 절대로 타협하지 않겠다던 나의 신념이 다 무슨 소용인가? 누구나 이렇게 살며 누구나 돈을 벌려고 허리를 굽히지 않는가! 그렇게 계속 살아갈 거라고 다짐했다. 직장에 다니며 돈을 모으고, 집을 사고 결혼하여 아이를 낳고…. 이것이야말로 평범한 사람이 누리는 삶이 아니겠는가?

2012년 4월 11일이 되기 전까지는 분명 그렇게 생각했다.

친구와 태국 푸켓으로 휴가를 떠났을 때 쓰나미 경보가 발령됐다. 사람들은 모두 대피했고 나도 피피섬에서 유일한 5층 건물 꼭대기로 피신했다. 구명 장비는 아무것도 없었고 사방은 바다였으며 주변에는 공포에 떨며 울부짖는 외국인들만 있었다. 그들은 바닥에 꿇어앉아 신의 가호를 빌었다. 하늘은 천둥소리로 뒤덮였으며 붉은 피 같은 번개가 하늘을 찢었다. 우리는 옥상에서 몇 시간을 기다렸다.

마침내 경보가 해제되었다는 소식이 들렸고 모든 사람이 몇 초간 멍하니 있다가 미친 듯이 기쁨을 만끽했다. 서로 껴안고 웃거나 울었다. 연인들은 키스를 나눴으며 노인들은 미소를 짓고 아이들은 떨리는 손으로 어른들에게 전화하며 자신의 무사함을 알렸다. 그 순간 영혼의 충격과 떨림은 영원히 잊지 못할 것이다.

태국에서 돌아와 그때의 경험을 적어 내려갔다. 오랜만에 펜을 들자 마음 깊은 곳에 눌려 있던 갈망이 꿈틀거리며 싹을 틔웠다. 죽음이 스치고 지나갈 때 사람들은 어떤 것을 느낄까? 최초의 두려움은 반성으로 바뀌고 어지러운 생각을 정리하면 명쾌한 답이 나온다.

만약 내일 내가 이 세상을 떠난다면, 오늘 가장 하고 싶은 일은 무엇인가? 나는 이 세상에 무엇을 남길 수 있을까? 무슨 이유에서인지 그날 밤 나는 한바탕 실컷 울었다. 모든 걱정과 공포, 연민과 압박감, 게으름과 망설임을 울음과 함께 날려버리기라도 하겠다는 듯.

이튿날 아침, 나는 컴퓨터를 켜고 한 문장을 적었다.

"모든 것은 가장 좋은 계획이다."

이 문장은 2013년에 출판된 첫 책의 제목이 되었다. 나는 회사를 그만두었고, 책은 베스트셀러 반열에 올랐다. 사인회와 강연, 좌담회에 참석했다. 판매량은 신기록을 돌파했다. 마침내 나는 내가 꿈꾸던 방향으로 첫걸음을 내딛었다.

이것이 가장 좋은 시작이 아니겠는가?

"일을 하다 보면 그 일이 좋아진다"라는 말이 있다. 그러나 수많은 사람들 사이에서 두각을 나타낼 정도로 어떤 일을 잘해내려면 '좋아하는 일'을 해야 가능하다. 당신은 어떤 일에 즐거움을 느끼는가? 전력을 다해 몰두하며 심취하는 일이 있는가? 그 일이 마치 사랑에 빠진 것 같은 집착과 쾌감을 선사하는가? 그야말로 평생을 바쳐 하고 싶은 일이 있는가?

일과 사랑은 사실 서로 통하는 묵계가 있다. 당신이 그것을 가졌다면 행운이다. 그것을 소중히 여기며 끝까지 유지해야 한다. 그러나 가진 적이 없으면 그것의 존재를 찾아야 한다. 열정을 쏟고 싶은 그 무언가를 발견했다면 포기하지 않기를 바란다. '무엇을 하며 어떻게 살고 싶다'는 자기 소신만 있다면 그 과정이 아무리 힘난해도 결국에는 방향을 찾아 나아가기 마련이다. 내가 돌고 돌아 마침내 다시 글을 쓰게 된 것처럼 말이다.

많은 사람들이 사회생활을 하며 힘들게 버티다가 절망하고 꿈마저 접는다. 그저 흘러가듯이 현실에 안주하며 산다. 지금 자신에게 주어진 시간을 보잘것없는 시간으로 치부해버린다. 나 역시 그랬다.

하지만 그 수많은 시간을 보내고 돌고 돌아 좋아하는 글을 다시 쓰면서 알게 되었다. 결국 내가 견뎌낸 시간들이 모이고 모여 꿈꿨던 삶을 살게 만든다는 사실을. 마지막 순간까지 나를 잃지만 않는다면 결국엔 웃는 사람이 될 수 있다는 사실을.

여러 가지 이유로 지금 방황하거나 뭔가를 포기한 당신에게 말하고 싶었다. 그럼에도 불구하고 열심히 오늘을 살아내는 당신을 응원하고 싶었다. 그런 바람으로 이 책을 썼다.

수십만 중국 독자들이 뜨거운 관심을 보였던 이 책이 한국어판으로도 출간되어 기쁘다. 그만큼 나와 같은 고민을 하는 사람이 전 세계적으로 많다는 방증이 아닐까 싶다. 한국 독자들에게도 이 책이 위안과 용기가 되기를 바란다.

첫 인세를 받고 나서 할머니와 할아버지의 묘를 단장했다. 한참 동안 무덤 앞에 앉아 내가 좋아하는 글을 읽어드리고 나의 책을 묘 앞에서 불태웠다. 재가 흩날려 나비처럼 허공에서 춤을 췄다.

"할머니 기쁘세요?"

이렇게 묻는 순간 어릴 때 써놓았던 글귀가 생각났다.

"나는 커서 작가가 될 것이다."

그때 할머니는 원고료 전표를 챙기면서 미소를 짓고 계셨다. "우리 손녀는 틀림없이 작가가 될 거야! 장차 책을 쓰면 한 자 한 자 이 할머니에게 들려줘야 한다."

잊고 말하지 않은 것이 있다. 우리 할머니 말이다. 글을 읽을 줄 모르셨다. 할머니는 내 인생의 가장 아름다운 꿈이며 추억이다. 할머니와의 추억은 고통과 절망으로 모든 것을 포기하고 싶은 순간이 닥쳐도 내가 용기를 잃지 않도록 지켜줄 것이다.

당신에게도 이 책이 그러하기를. 그래서 보잘것없다 치부해버리며 절망했던 당신의 시간들이 훗날 찬란한 삶의 밑거름이 되어주리라 굳게 믿기를.

지금 당신이 애쓰며 보낸 이 모든 시간이 당신의 수고와 노력을 기록해줄 것이다.

시간이 당신을 증명할 것이다.

뤼후이

제1장

자기 앞의
생을
마주하는
시간

다른 사람의 신발을
신고 걷기

몇 해 전 아빠가 중풍으로 쓰러지셨다. 지체 없이 조치를 취한 덕에 목숨은 건졌지만 그 후유증으로 당분간 걷기도 힘들고 언어를 구사하기도 어렵게 되었다. 나는 이 방면에 이름 있는 병원에 아빠를 입원시키고 재활 치료를 받게 해드렸다.

이 시기에 나는 옆 병실의 한 여인을 알게 되었다. 정확하게 말하면 그 병원에서 그녀를 모르는 사람이 없었다. 그녀는 전신 마비인 남편을 간호하려고 병원에 장기간 머물고 있었다. 50~60대쯤 된, 평범한 외모의 그녀는 살집이 제법 있는 몸매에 늘 빨강, 노랑, 형광 연두 같은 선명한 원색 계열의 옷을 입고 다녔다. 병원 복도에서 스쳐 지나갈 때마다 그녀에게서 싸구려 향수 냄새가 진동했다.

같은 층을 쓰는 환자와 가족들에게 그녀는 달갑지 않은 존재였다. 새벽 5시 30분만 되면 그녀의 투박하고 큰 목소리가 모두의 단잠을 깨웠다.

"간호사! 빨리 약 가져와요!"

"여보, 물 한 모금만 마셔요!"

"오늘은 날씨가 좋으니 빨래를 내다 말려야겠군!"

목청이 어찌나 큰지 사람들은 더 이상 잠을 이루지 못하고 툴툴거리며 이부자리에서 빠져나와야만 했다. 그녀는 주변 사람들은 아랑곳없이 날마다 같은 시간이 되면 어김없이 법석을 피웠다. 쓰레기통이나 집기를 다룰 때도 조심성 없이 우당탕 소리를 내기 일쑤였다.

게다가 시도 때도 없이 노래를 흥얼거리는 버릇까지 있었다. '태양은 가장 붉고 모 주석은 가장 다정하다'(마오쩌둥이 서거한 해에 만들어진 전통가요.-역주)부터 '가장 빛나는 민족풍'(중국 소수 민족의 뛰어난 기상을 노래한 대중가요.-역주)까지 다양했다. 설거지할 때나 빨래할 때, 산책할 때도 그녀는 끊임없이 노래를 흥얼거렸다. 노래 솜씨가 좋은 것도 아니어서 음정은 안 맞고 박자도 제멋대로였다. 흥에 겨워 가사마저 아무렇게나 바꿔 부르는 통에 듣는 사람들은 그야말로 고역이었다.

아무도 그녀를 좋아하지 않았다. 그녀가 화제에 오르면 사람들은 경멸하는 표정으로 그녀를 무식하고 시끄러우며 주변 사람에게 피해를 주는 '민폐녀'라고 평가하길 서슴지 않았다. 교양 있는 노인들은 그저 한숨을 쉬며 연민 섞인 눈빛으로 그녀의 뒷모습을 바라볼 뿐이었다. 그녀의 '민폐' 행위에 동조해서가 아니라 귀찮게 따지지 않고 넘어가겠다는 생각이었다.

그녀의 남편이 퇴원하는 날이 왔다. 그녀는 휠체어를 탄 남편과 함께 엘리베이터 앞에서 한참을 기다렸다. 그들을 배웅하는 사람은 아무도 없었고, 병실 문은 굳게 닫혀 있었다.

나는 때마침 탕비실에서 나오다가 그 모습을 목격했다. 두 사람의 쓸쓸한 뒷모습에 갑자기 안쓰러운 생각이 들어 예의를 갖춰 한마디 건넸다.

"오늘 퇴원하세요?"

"그렇답니다."

그녀는 눈을 번득이며 큰 소리로 대답했다. 침이 내 얼굴에까지 튈 정도였다. 반감이 와락 몰려왔다. 어차피 헤어지는 마당이니 한마디 해줘야겠다는 생각이 들었다.

"저… 말씀하실 때 목소리를 좀 낮춰주세요. 크게 말씀하시지 않아도 다 들리거든요."

참지 못하고 내뱉은 나의 말에 그녀의 눈빛이 조금씩 어두워졌다.

"사실 사람들이 나를 싫어한다는 건 알고 있어요. 하지만 사정이 있답니다."

그녀는 휠체어에 앉은 채 엘리베이터를 기다리느라 초조해진 남편의 등을 쓰다듬으며 한숨을 쉬었다.

"제 남편은 뇌의 혈전이 신경을 눌러서 눈이 거의 보이지 않고 귀도 들리지 않게 되었죠. 요란하게 옷을 입고 향수를 뿌리는 건 남편이 흐릿하게라도 내 모습을 알아보거나 냄새를 맡지 않을까 생각해서랍니다. 큰 소리로 떠드는 것이 실례라는 것도 알아요. 하지만 내 목소리가 들리지 않으면 이 사람이 불안해하니 어쩝니까!"

그녀는 손으로 눈물을 훔치더니 말을 이었다.

"사람들이 내 욕을 하는 것도 알고 있어요. 이기적이고 무식하고 교양 없는 여자라고 말이죠. 하지만 이 사람이 살아만 준다면, 지금보다 나아진다면 세상 사람 모두가 욕해도 상관없어요."

엘리베이터 문이 열렸다. 그녀는 말없이 엘리베이터를 탔고, 눈물을 닦더니 내게 손을 흔들었다. 나도 손을 흔들어주었다. 목구멍에 무언가가 걸린 듯 아무 말도 할 수 없었다.

몸이 좋지 않아 고향 집에 쉬러 내려간 적이 있다. 어느 날 반찬거리를 사러 갔다가 동네에서 자주 보던 여인을 만났다.

그녀는 정신이 온전하지 못했다. 내 기억 속의 그녀는 늘 거리의 한 모퉁이에 앉아 햇볕을 쬐고 있었다. 남루한 옷에 헝클어진 머리, 지저분하기 짝이 없는 몰골로 사람들을 보면 그저 히죽 웃었다. 하지만 결코 남한테 해코지하지 않고 늘 얌전했다. 나와 동갑인데도 머리가 허옇게 세고 초췌해서 훨씬 늙어보였다.

집에 돌아와서도 그 모습이 마음에 걸렸다.

"길거리를 돌아다니는 그 미친 여자 말이에요. 요즘은 보살펴 주는 사람도 없나 봐요?"

나의 질문에 엄마가 웃었다.

"미치긴 누가 미쳐? 그 아이 정신 멀쩡하다."

"멀쩡하다니요? 그런 사람이 왜 저 꼴을 하고 있어요?"

아연실색하는 나에게 엄마가 들려준 사연은 이랬다.

원래 그녀는 지극히 정상으로 태어났다. 다만 남자아이만을 선호하는 집안에서 태어난 것이 불행이었다. 그녀의 아버지는 딸을 낳았다고 아내에게 욕을 퍼부으며 둘째는 반드시 아들을 낳으라고 요구했다. 그러나 당시 중국은 가족 계획을 엄격히 시행하여 한 가정마다 자녀를 한 명밖에 낳을 수 없었다. 두 명 이상 낳으면 과태료가 부과되었는데, 그 돈을 낼 형편이 되지 않았던 그녀의 아버지는 멀쩡한 딸을 정신질환자로 신고해버렸다. 그러고 나서 '합법적으로' 둘째를 가질 수 있었다.

"그렇다고 미친 척을 했단 말이에요?"

나는 도저히 이해할 수 없었다. 엄마는 한숨을 크게 내쉬었다.

"그렇게 하지 않으면 제 아버지한테 죽도록 두들겨 맞으니 별 도리가 없었을 테지. 그게 벌써 20년이 넘어버렸구나."

"어른이 돼서도 그럴 필요는 없잖아요?"

"학교 다닐 나이도 지나버렸고 아무것도 할 줄 모르는 저 아이와 결혼하겠다고 어떤 남자가 나서겠니. 어차피 망친 인생인데 미친 척하고 있으면 국가에서 보조금이라도 나오지 않겠니? 어쨌든 목숨은 부지해야 하니 말이다."

엄마가 담담하게 얘기했다.

───────※───────

고등학교에 다닐 때, 《망종芒種》이라는 잡지에 〈제2의 천국〉이라는 제목으로 글을 발표한 적이 있다. 한 정신병원에 설치된 의료 기기를 점검하러 가는 아빠와 동행했던 경험을 담은 내용이다.

나는 그곳에서 착하고 온순한 남자 환자를 만났다. 그는 집에 아름다운 아내와 예쁜 자식이 있는데, 외지에서 일을 하다 발병하여 병원에 수용되는 바람에 가족들과 연락이 끊겼다고 했다. 나는 그를 위로하며 돌아가면 반드시 그의 가족을 찾아봐주겠노라 약속했다.

그는 집에 가려고 나서는 나를 위해 달려 나와 배웅해주었으며, 내가 가장 좋아하는 매실까지 챙겨주었다. 아빠는 "어딜 가나 붙임성 하나는 좋단 말이야"라고 말하며 나를 놀리셨다. 원장님이 그를 엄하게 꾸짖어 돌려보냈지만 그는 고개를 돌려 내게 힘껏 손을 흔들어주었다. 나도 화답하며 외쳤다.

"아저씨! 부인은 꼭 찾아볼게요!"

원장이 소스라치게 놀라며 나를 바라보았다.

"부인이라니? 저 사람은 스무 살 때 여기 들어왔는데. 부인이 있을 리가 없잖아."

이 글을 발표하고 나서 나는 독자에게 편지 한 통을 받았다. 그는 끝부분을 읽고 울었다고 했다. 자신도 한때 환자였는데, 치료가 잘되어 지금은 건강을 회복했다는 말도 덧붙였다.

그는 병을 앓을 때 미망과 고독에 빠져 지냈지만 내면에는 순수한 사고의 세계가 펼쳐졌다고 회고했다. 그곳에서 자신은 완전한 주인이며, 누군가 그 세계의 이야기를 들어주기를 갈망했다고도 했다. 그러면 훨씬 행복해졌다는 것이다. 그는 편지를 이렇게 끝맺었다.

"고마워, 학생. 비록 그들의 마음은 병을 앓고 있는 뇌와 함께 황폐해지겠지만 여전히 다른 의미의 완전함을 갈망하고 있어. 그 공허한 마음을 채워줘서 고맙네."

이 세상에는 많은 바보들이 있다. 어떤 이는 진정한 바보이며, 어떤 이는 바보를 연기하며 살아간다.

바보를 대하는 우리의 태도는 그다지 너그럽지 않다. 더없이 가련한 사람을 보면서 "불쌍한 것 같아도 틀림없이 못된 구석이 있을 거야"라고 말한다. 한술 더 떠 "바보 한 명보다 못된 사람 열 명을 상대하는 것이 낫다"라고도 말한다. 똑똑한 악인은 최소한 나를 성장하게 만들 수 있지만 바보는 나의 안목과 판단력을 떨어뜨릴 뿐이라고 생각한다.

그러나 우리가 잊고 사는 것이 있다. 그들에게 못된 구석이 있을 수도 있지만, 의외로 뼈에 사무치는 가련함이 더 많다는 사실을. 그들은 겉으로는 강인해 보일지 몰라도 다른 사람들이 평생 느끼지 못하는 서늘함과 까마득한 감정 속에서 살아간다. 아르노 가이거Arno Geiger의 소설 《유배중인 나의 왕》에는 프랑스의 철학자 자크 데리다Jacques Derrida가 "사람들이 글을 쓸 때는 늘 용서를 구한다"라고 말한 구절이 나온다. 지금 글을 쓰고 있는 나 역시 무의식중에 상처를 입힌 영혼들에게 진심으로 용서를 구하고 있다.

처음부터 바보로 태어나고 싶은 사람은 없다. 평생 깨어나지 않을 어리석음에 갇혀 지내고 싶은 사람도 없다. 타인의 아픔과 가슴 찢어지는 사연에 차분히 귀를 기울여주는 사람은 드물다. 상대방의 입장이 되어 생각해줄 마음은 더더욱 없다. 상대방과 같은 과거를 지녔다면 지금의 나는 과연 어떤 모습일까?

서양 속담에 "다른 사람의 신발을 신고 걸어보기 전까지는 남의 길이 가기 쉽다고 부러워 말라"라는 말이 있다. 우리는 운이 좋은 편이다. 몸을 못 가누는 배우자도 없고 심보 못된 가족도 없다. 불치병에 걸려 고통에 시달리지도 않는다. 그러니 다른 누군가가 어릿광대 같다고 비웃어서는 안 된다. 당신의 마음을 어루만져보고 혹시 큰 구멍이 뚫린 곳은 없는지, 상처로 갈라진 틈 때문에 어느 순간 무너지지 않을지 살펴야 한다.

타인에 대한 연민은 곧 미지의 자신에 대한 연민이다. 언젠가는 당신이 타인이 되고 타인이 당신이 되는 날이 올지도 모른다. 멀리서 득의만만한 당신의 모습에 "쟨 정말 바보 같아"라고 말하며 냉소와 경멸의 눈빛을 보내는 사람이 있을지 누가 알겠는가!

고맙지만 나는
내 길을 가겠어요

스위스의 그린델발트에서 친구와 휴가를 보낸 적이 있다. 그곳에서 꽤 오랫동안 머무르기로 했기에 우리는 산간 지역에 있는 통나무 민박을 구했다. 우아하고 아름다운 풍광도 좋았지만 민박집에 주방이 딸려 있어서 더 마음에 들었다. 민박을 구한 날 저녁에 우리는 몇 가지 중국 요리를 해 먹으며 오랜만에 포식을 했다. 여행 기간 내내 먹은 스테이크에 물렸던 우리의 입맛을 달래주기에 더없이 좋았다.

민박집에서는 거대한 세인트버나드 개 한 마리를 키우고 있었다. 온화한 성격으로 사람들에게 사랑을 많이 받는 종이었다. 콜라에 잰 닭 날개 구이를 오븐에서 꺼내자 개가 꼬리를 흔들며 다가오더니 창틈으로 안을 들여다보았다. 먹고 싶어서 그렇다고 생각한 나는 닭 날개 하나를 던져주었다. 개는 신나서 받아 물었다. 그러나 먹지는 않고 고개를 한번 까닥하더니 주인이 있는 집 쪽으로 뛰어가버렸다.

잠시 후 민박집 주인이 문을 두드렸다. 문을 열어주자 그녀는 겸연쩍은 미소를 띠고 말했다.

"죄송하지만 이 개는 사료 외에는 먹지 않는답니다. 먹으면 위장에 탈이 나거든요."

내려다보니 개는 여전히 닭 날개를 입에 문 채로 나를 향해 꼬리를 흔들고 있었다. 닭 날개에는 침이 잔뜩 묻어 있었으나 한 입도 먹지 않고 그대로 있었다. 나는 훈련이 잘된 그 개의 모습에 놀라면서 변명했다.

"하지만 먹을 것을 주니 강아지가 매우 기뻐했어요. 저렇게 꼬리를 흔들고 있잖아요."

주인이 미소를 지으며 말했다.

"먹으면 안 된다는 것을 알기에 저에게 가져온 것이지요. 손님에게 꼬리를 흔드는 것은 이렇게 좋은 선물을 주셔서 감사하단 뜻이랍니다."

춘절을 맞아 고향에 내려갔다. 고향 집에는 여러 친척들이 모여 사촌 여동생을 앉혀놓고 아이를 낳아야 한다며 잔소리를 하

고 있었다. "지금 낳지 않으면 늦는다." "나이 들면 자식이 필요하다." "아이가 있어야 마음이 편하다." 사촌 여동생은 얌전히 앉아 잠자코 그들의 이야기를 들었다. 반박하거나 말대답도 하지 않고 줄곧 미소를 잃지 않았다.

사촌 여동생 부부는 철저한 딩크족DINK(아이를 낳지 않는 맞벌이 부부.-역주)이다. 일찍부터 아이를 낳지 않겠다는 계획을 세우고 있었다. 집안 어른들은 그녀를 볼 때마다 한마디씩 충고했다. 심지어 듣기 거북한 말로 '집중 공격'하여 옆에서 듣는 나까지 언짢아질 정도였다. 기성세대의 자기 주관은 상당히 강하고 뚜렷해서 보이지 않는 압박으로 상대방을 시도 때도 없이 숨 막히게 한다. 그 말을 듣는 당사자인 그녀가 얼마나 견디기 어려울지는 충분히 짐작이 갔다.

나는 감탄하며 그녀에게 말했다.

"이렇게 많은 사람이 압박하는 데도 화내지 않다니, 너도 참 대단하구나."

"기분이야 당연히 좋지 않죠."

그녀는 관자놀이를 누르며 말했다.

"하지만 절 생각해서 말씀하시는 건데 공연히 말대꾸해서 기분 상하게 해드릴 필요는 없잖아요?"

나는 그녀의 마음이 흔들렸기 때문은 아닐까 생각했다.

"그럼 아이는 낳을 거니?"

그녀는 고개를 저으며 말했다.

"제 결심은 변함없어요. 제 뜻도 중요하지만 어른들을 존중하는 것도 당연하다고 생각했을 뿐이에요."

⁕

지금은 유명한 방송 프로그램 진행자가 된 고등학교 동창생이 있다. 하루는 동창 모임에서 학창 시절 얘기를 하다가 자연스럽게 그녀가 화젯거리로 떠올랐다.

우리가 다니던 고등학교는 그 지역에서 가장 명문이었다. 선생님들은 당연히 학생들의 명문 대학 진학률을 높이기 위해 고심했다.

요즘이야 중앙희극학원(베이징에 있는 중국 3대 예술 학교로 유덕화, 탕웨이 등 세계적인 배우들을 배출했다.-역주)이나 북경전영학원(영화인을 전문으로 양성하는 공립 대학, 장예모 감독도 이 학교 출신이다.-역주) 연극영화과의 인기가 높지만 당시만 해도 예술 계통의 대학은 비인기학과였다. 주변에 이런 학교로 진학하는 학생이 있으면 사람들은 일반 대학에 갈 성적이 안 되니 어쩔 수 없이 진로를 바꾼 거라고 생각했다. 그녀는 성적이 상당히 좋은 편이어서 담임 선생님도 그녀를 매우 아꼈다.

그런데 어느 날 그녀가 모 대학 예술 계열 아나운서학과에 수시로 응시한다는 소식이 들리자 친구들은 갑자기 술렁거렸다. 담임 선생님은 화가 머리끝까지 나서 그녀를 교무실로 불러 호되게 야단쳤다. 그녀가 시험에 응시하는 것을 막으려고 담임 선생님은 유치한 방법까지 써가면서 방해했다. 시험 보러 가는 날, 그녀가 제출한 결석계를 승인해주지 않거나 심지어 그 과에 응시하면 몇 번 남은 중요한 모의고사를 치를 기회마저 박탈하겠노라고 으름장을 놓았다.

우리 모두 당시 선생님이 그 친구에게 한 방해 공작을 기억하고 있었다. 가장 심했던 것은 선생님이 그녀의 긴 머리를 귀 바로 밑까지 싹둑 잘라버린 사건이었다. 고지식한 선생님은 단발머리가 그녀의 외모를 덜 빛나게 하여 예술대학 입시에 불리하게 작용하리라 판단한 듯했다. 하지만 갖은 방해와 회유에도 그녀는 굴하지 않고 전공 과목에서 3등이라는 좋은 성적을 받았으며, 버섯 모양의 단발머리를 하고도 베이징의 모 대학 아나운서 학과에 거뜬히 합격했다.

어떤 친구는 당시 그녀가 당했던 상황에 분개하여 말했다.

"이러고 있을 게 아니라 학교에 찾아가 시위라도 하거나 그 선생님에게 너의 성공한 모습을 보여주는 것이 어때?"

그녀가 웃으며 말했다.

"선생님을 찾아뵙기는 해야지. 하지만 항의를 하기 위해서가 아니라 감사하는 마음을 전하기 위해서야. 그때 선생님이 나의 장래를 걱정하는 마음이 없었다면 갖은 방법을 써가면서까지 나를 막으려고 하지 않았을 거야. 제자를 위해 그토록 최선을 다해주는 선생님에게 어떻게 감사하지 않을 수 있겠어?"

성난 파도와 회오리바람을
끌어안는 법

학창 시절 같은 반 친구 중에 부잣집 아들이 있었다.

친구들은 모두 그 아이를 부러워했다. 다 쓰지 못할 정도로 돈이 많다고 생각했기 때문이다. 값비싼 옷을 입고 최고급 학용품을 썼으며 생일 파티도 호화로운 레스토랑에서 열었다. 점심시간에는 반 전체에 아이스크림을 사서 돌리기도 했는데, 평소에 감히 사 먹을 엄두조차 못 내는 비싼 월스Wall's 아이스크림이었다. 반장이 학급 운영비를 다 썼다고 하면 두말없이 지갑에서 필요한 만큼 꺼내주기도 했다.

당시에는 지방 세력가라는 뜻의 '토호土豪'라는 말이나, 돈만 있으면 뭐든지 할 수 있다는 개념이 없었다. 그럼에도 불구하고 그 아이는 반에서 가장 눈에 띄는 존재였다. 여학생들은 늘 그 아이의 주변을 맴돌았으며, 남학생들도 그 아이와 친하게 지내고 싶어 했다. 선생님들도 그 아이에게 더 다정하게 대하는 등 그야말로 특별한 존재였다.

하루는 수업이 끝났는데 그 녀석이 꾸물대며 좀처럼 나서지 않았다. 내가 왜 집에 가지 않느냐고 묻자, 집에 가기가 싫다고 했다. 집에 셋째 엄마와 넷째 아빠가 다 와 있어서 집안이 시끄러울 거라는 게 이유였다. '셋째 엄마'와 '넷째 아빠'라는 말을 처음 들어보는 나는 멍해질 수밖에 없었다. 그게 무슨 말이냐고 묻자 주저하는 기색 없이 집안의 내막을 말해주었다.

그는 부모님의 이혼으로 아주 어렸을 때부터 어머니와 살았다. 생활력이 강한 그의 어머니는 빈손으로 집안을 일으켰다. 맨처음엔 신발 장사를, 그다음엔 모피 사업을 하다가 나중에는 부동산 투자로 큰돈을 벌었다. 부자가 된 어머니는 재혼을 했고 그에게는 새아버지가 생겼다.

그러자 소문을 듣고 찾아온 친아버지가 자신이 아이의 생부이니 돈을 달라고 소란을 피웠다. 어머니는 많은 돈과 함께 그를 생부에게 보내버렸다. 돈을 주었으니 앞으로는 자기를 찾지 말라는 말과 함께. 친아버지는 이에 동의하고 그를 데려갔다.

그 무렵 그의 친아버지는 이미 재혼해서 새로운 가정을 꾸린 상태였다. 갑자기 큰돈이 생기자 그의 아버지는 두 번째 부인이 '젊고 아름답지 않다'는 이유로 이혼하고 또 다른 여자와 결혼했다. 이혼을 당한 두 번째 부인은 돈을 요구했다. 어린 나이였던 그는 복잡한 사정을 잘 몰라 그저 '둘째 엄마', '셋째 엄마'라고 불렀다. 복잡하기는 친어머니 쪽도 마찬가지였다. 그의 친어머니 그 후 두 차례 이혼했다. 앞으로 자기를 찾지 말라던 말과 달리 이따금 새로운 남편과 함께 그를 찾아와 용돈을 주고 가곤 했다. 그는 새아버지들을 '둘째 아빠', '셋째 아빠', '넷째 아빠'로 불렀다. 고등학교에 들어가자 집안은 더 복잡해졌고, 친어머니는 그를 위해 집을 얻어주고 그의 넷째 아빠와 함께 찾아와 필요한 물건들을 사주고 갔다. 올 때마다 수만 위안은 족히 되는 돈도 주고 갔다.

친아버지는 아들에게 돈이 생긴 것을 알고 그의 셋째 엄마를 보내 돈을 요구했다. 마침내 견딜 수 없어진 그는 넷째 아빠와 셋째 엄마를 같은 날 만나기로 약속했다.

"서로 꿍꿍이가 있으니 지금쯤 한창 싸움이 붙었을 거야."

이야기를 다 듣고 나자 머리가 다 지끈거렸다. 도무지 상상이 가지 않았다. 이것이 어떻게 열 몇 살 밖에 안 된 남자아이의 삶이란 말인가! 남부러울 것 없어 보여도 실제 생활은 마치 얽혀버린 실타래처럼 복잡했다. 심지어 머리 아픈 상황을 모면하는 '지혜'까지 스스로 터득한 것이다. 아무렇지도 않은 척하는 표정을 바라보며 나는 그 나이에 걸맞지 않은 깊은 우울함과 슬픔을 읽어낼 수 있었다.

태국 푸켓에 있는 한 섬에서 식당을 운영하는 주인을 알게 됐다.

규모는 작지만 현지에서 꽤나 이름난 식당이었다. 바닷가재 구이와 코코넛 밥 전문 식당인데 맛이 기가 막혔다. 벽에는 손님들이 남기고 간 쪽지가 빼곡히 붙어 있었다. 어떤 쪽지에는 "바닷가재가 정말 맛있어요"라고 적혀 있었고 여자 친구에게 고백하는 내용도 있었으며 알아보기 어려운 그림과 글자로 채워진 쪽지도 있었다. 세계 각국의 언어로 적힌 메모들이었다. 이 식당의 이름은 'LOVE'. 듣기만 해도 따뜻함이 넘쳤다.

저녁이 되면 물놀이를 하던 사람들이 머리카락이 젖은 채로 식당에서 밥을 먹었다. 멀리서도 코를 자극하는 음식 냄새 때문이었다. 이 식당 주인은 현지에서 나고 자란 사람인데, 낮에는 식당 문을 닫아놓고 하루 종일 바닷가에서 일광욕을 하거나 집에서 쉬다가 저녁 무렵에야 문을 열었다. 음식 재료도 조금만 준비하여 재료가 떨어지면 그날 영업을 마쳤다. 그야말로 겉치레 없고 소박한 생활을 하고 있었다.

우리는 이곳의 종업원들을 좋아했다. 그들은 늘 미소를 짓고 있었으며 음식이 입맛에 맞는지 항상 물어보았다. 가끔 성미가 고약한 손님이 시비를 걸어도 결코 맞대응하는 법 없이 주스 한 잔을 서비스하는 것으로 상황을 마무리했다.

나는 그들이 이 세상에서 가장 행복한 삶을 살고 있다고 생각했다. 수입도 어느 정도 보장되고 경쟁 스트레스도 없으며, 경치가 이토록 아름다운 섬에서 하루하루를 보내면 얼마나 좋을까! 그야말로 어떠한 풍랑도 없는 완벽한 삶이라 할 수 있었다.

어느 날 이 식당의 주인과 이야기를 나누다가 나의 이런 느낌을 말해주었다. 그는 잠자코 들으며 미소를 지었다. 그러더니 가게 입구의 간판을 손으로 가리키며 물었다.

"이 식당 이름이 왜 'LOVE'인지 아세요?"

"누군가의 사랑을 기리기 위해서가 아닐까요?"

그가 고개를 저었다.

"2004년 인도네시아 지진 때 일어난 동남아 해안의 쓰나미를 기억하시나요?"

그 사건은 나도 당연히 기억한다. 쓰나미로 수십만 명이 목숨을 잃은, 전 세계가 경악한 사건이었다. 세계적인 액션 배우 이연걸도 하마터면 희생당할 뻔했으며, 그는 귀국하고 나서 쓰나미 피해자를 돕기 위한 기금을 모금하기도 했다.

"쓰나미가 몰려오기 전까지만 해도 우리는 당신이 생각하는 것처럼 행복하게 살고 있었답니다."

거대한 재앙은 너무나 갑자기 몰려왔고 하룻밤 새 그의 집과 모든 재산을 삼켜버렸다. 친척이나 친구들, 많은 사람이 파도에 쓸려가서 실종되었으며, 그도 위험에 처했다가 가까스로 구조되었다. 그때 그는 폐허 위에 홀로 서 있었다. 모든 것을 잃고 절망

속에서 바보처럼 울기만 했다.

　다행히 섬 사람들이 서로 도움의 손길을 내밀었고, 함께 집을 짓고 식당을 다시 일으켜 세웠다. 그들은 정성을 다해 식당을 경영했다. 열심히 일했지만 한동안 적자가 계속되었다. 몇 년이 지나고 쓰나미 이후 발길을 끊었던 손님들이 다시 찾아오면서 섬은 활기를 띠었고, 식당은 그제야 적자를 면했다. 식당 이름을 'LOVE'라고 지은 것은 그간의 일에 감사하기 위해서였다.

　듣고 있던 나는 탄식했다. 그러나 이야기는 여기서 끝나지 않는다.

　그로부터 몇 년이 지난 어느 여름날, 이 섬을 다시 찾았을 때 대규모 쓰나미 경보가 발령되었다. 2004년과 비슷한 강도의 지진이 예상된다고 했다. 다행히 쓰나미는 일어나지 않았지만 얼마나 놀랐는지 모른다. 그 일을 직접 겪어보니 큰 두려움이 엄습했다.

　그런데 다음 날 식당에 가보니 뜻밖에도 그 식당은 영업을 하고 있었다. 놀라우면서도 이해가 되지 않았다. 몇 번이나 재난을 겪고도 그들은 왜 이 섬에 남아 있을까? 죽음이 두렵지 않다는 말인가? 다시 만난 그의 표정은 상당히 평화로웠다.

　"LOVE의 의미는 주변 사람을 사랑하는 데만 그치지 않으며, 운명을 사랑하는 것도 포함됩니다. 신이 우리를 다시 살게 해준 것은 두려움을 알게 해주기 위해서가 아니라 두려움을 극복하게 해주기 위해서입니다. 삶과 죽음을 겪고 나서 비로소 우리는 이

섬에서 안정적으로 살아갈 수 있게 되었습니다. 모든 것이 자연스럽게 온다는 것을 믿게 되었고 다시 닥칠지 모를 위험이라고 해도 두려워하지 않기로 했습니다. 또 미래가 어떤 방향으로 흘러갈지도 더는 걱정하지 않습니다."

이때 그는 카누에 앉아 있었고, 우리는 점점 짙어지는 안다만 해의 석양을 함께 바라보았다. 그의 미소가 붉은 노을에 젖어들었다. 나는 두려움이 없다고 여겼지만 둑을 할퀴는 성난 파도와 눈보라를 일으키는 회오리 바람을 포용하는 법은 모르고 있었다.

───── ⁂ ─────

그녀는 작은 마을 학교의 화학 교사였다. 지극히 평범했던 그녀의 삶은 특별할 것 없이 흘러왔다. 남들과 비슷한 인생의 통과의례를 거쳤으며, 결혼하여 아이도 낳았다. 그녀는 다른 사람을 뛰어넘겠다는 시도도 하지 않았으며, 벼락부자를 꿈꾸지도 않았다. 별 탈 없는 일상이 그녀의 유일한 소망이었다.

내가 그녀를 만났을 때 그녀는 거의 존재감을 느낄 수 없을 정도로 위축되어 있었다. 질문을 던지면 맥 빠지는 단답형 대답이 돌아왔다. 만족스럽다는 듯 지은 미소마저도 창백하고 힘이 없었다. 눈에 띄는 구석이라고는 없는 사람인데 왜 이런 사람을 인터뷰해야 하는지 이해가 가지 않았다. 다른 선생님이 그녀가 지적장애가 있는 아들을 키우고 있다고 내게 귀띔해주기 전까지는 말이다. 뜻밖의 사실에 놀란 내가 물었다.

"지적장애라니요?"

"뇌성마비랍니다. 태어날 때부터 갖고 있었나 봐요. 벌써 열여섯 살인데 고칠 길이 없다고 해요. 지능은 두세 살 수준이고 대소변도 혼자 가리질 못하니 얼마나 걱정이 많겠어요? 학교 수업 말고도 외부 강의를 맡아 돈을 버는 것도 그 아이의 병을 고치기 위해서지요."

그런 어려움을 안고 살면서도 그녀는 자신의 고민이나 극도의 괴로움을 토로하지 않았다. 오히려 차분한 태도로 일관했다. 왜 그녀는 자신의 심리 상태를 상대방이 눈치채지 못하게 감춘 걸까? 한참 동안 대화를 나누었으나 구체적인 답변은 얻지 못했다. 그녀도 마음속 깊은 곳의 느낌을 표현하지 못했다. 어쩌면 그녀와 비슷한 처지에 놓인 사람들이 냉담한 세상을 살면서 유일하게 가질 수 있는 세계일지도 몰랐다. 다만 그녀의 반복되는 한마디에 나는 어렴풋이 그녀의 심정을 이해할 수 있었다.

"아무리 어려워도 이렇게까지 필사적으로 살 필요는 없는데 말이죠."

행복하고 담담하며 초탈한 것처럼 보이는 삶은 때때로 사람을 착각하게 한다. 번뇌와는 담을 쌓고 세속을 초월했거나 고통이 그들과는 전혀 관계없다고 말이다. 이런 착각 속에서 우리는 자신이 겪은 일만 대단하다고 생각하기 쉽다. 과장을 섞어가며 더 많은 사람에게 인정받고자 하며, 어려웠던 시절을 더 큰 상처와 아쉬움으로 추억하려고 한다. 하지만 어떤 목소리가 머리를 강타하며 일말의 동정도 없는 비웃음을 던질 때 우리는 그제야 정신을 차린다.

"정신 차려! 이 세상에 온갖 풍상을 겪은 사람이 당신 혼자뿐이겠어!"

아름다움은
저절로 드러나지 않는다

커커可可가 회사를 그만두기로 했다.

대우나 직책이 마음에 들지 않아서가 아니라 사장의 형편없는 판단력에 실망해서다. 며칠 전 그녀는 사장의 지시로 문안을 작성했다. 어차피 채택되지 않을 것 같은 예감이 들었다. 그녀를 애송이 신입으로만 보는 사장이 유명한 작가 두 명에게 거금을 주고 동일한 제목의 글을 의뢰한 것이다. 세 가지 문안을 손에 든 커커는 불안했다. 결국 경험이 많은 선배 몇 명에게 누가 쓴 글인지 밝히지 않고 의견을 물었다.

결과는 놀라웠다. 선배들은 그녀의 글이 명료한 맥락, 신선한 아이디어, 독특한 문체, 충실한 내용을 두루 갖추었다며 칭찬을 아끼지 않았다. 커커는 자신감이 크게 상승했고 자신의 이름을 써서 사장에게 제출했다. 그러나 며칠 후 자신의 것이 아닌 다른 사람의 작품이 채택되었다. 커커는 망설임 끝에 사장을 찾아가 자신의 글에서 어떤 부분이 잘못되었는지 물었다.

사장은 귀찮다는 투로 말했다.

"시간이 없어서 다 읽어보지는 못했지만 그다지 좋지 않더군. 마음을 비우고 선배들에게 더 배우도록 하지."

커커는 결국 반박하지 못하고 묵묵히 자신의 원고를 받아들고 나왔다. 그 후에도 그녀는 몇 번 더 원고를 썼고 그때마다 동일한 방법으로 테스트를 해보았다. 업계 사람들에게는 한결같이 좋다는 평가를 받았다. 그러나 사장의 반응은 여전히 부정적이었다. 상실감과 상처가 그녀를 짓눌렀다.

결국 퇴사를 결심한 그녀는 최후의 방법을 시도했다. 자신의 원고를 사장에게 제출하면서 유명한 전문가가 쓴 글이라고 둘러댄 것이다. 글을 의뢰하기 위해 부서에서 적잖은 예산을 지출했다는 말도 덧붙였다. 사장은 밤새 원고를 읽어보더니 다음 날 긴급회의를 소집했다. 직원들에게 그녀가 제출한 원고에 대해 칭찬을 늘어놓았다.

"이렇게 훌륭한 작품은 정말 오랜만에 만나보는군. 과연 전문가는 다르단 말이야. 많은 돈을 들일 가치가 충분해."

커커는 실소를 금할 수 없었다. 사장의 말이 끝나기 무섭게 그녀는 자리를 박차고 일어나 그 원고가 자신의 것임을 밝히고 사표를 제출했다. 훗날 그녀는 말했다.

"그때 사장의 표정을 생각하면 두고두고 통쾌해요."

젊은이다운 객기와 치기가 돋보이는 통쾌한 결말로 들린다. 그러나 곰곰 생각해보면 다양한 의미가 뒤섞여 있다.

      ＊

자주 찾는 단골 찻집이 있다. 차 맛이 좋고 고풍스러운 실내 분위기가 일품인 곳이다. 이곳에서는 고쟁(가야금과 비슷한 중국의 전통 악기.-역주) 연주가가 늘 홀에서 연주하는데 아름답고 유려한 선율을 들으면 즐거운 오후 한때를 보낼 수 있다.

자주 찾다 보니 주인하고도 꽤 친해졌다. 사람 좋은 주인은 좋은 차를 들여오면 나를 위해 남겨두었다가 집에 가서 맛보라고 챙겨주기도 했다. 고마운 생각에 뭔가 보답을 해야 할 것 같았다. 돈이나 선물은 너무 지나치고 속물적인 것 같았다. 그런데 때마침 한 친구가 고쟁 연주회를 연다는 소식을 전해왔다. 그녀는 음악계에서 꽤 이름이 알려진 연주가로, 연주회 티켓을 구하기가 쉽지 않았다. 나는 두 장을 구해서 그중 한 장을 찻집 주인에게 선물했다.

그런데 그 표를 들여다보던 그가 이렇게 말했다.

"고맙습니다만, 마음만 받겠습니다. 실은 제게도 표가 있답니다. 좌석도 좋은 곳이에요."

"아이고! 이미 표를 사셨군요?"

"그건 아니고 그 연주가가 직접 보내왔어요."

주인은 표에 적힌 연주가의 이름을 손가락으로 가리켰다. 바로 내 친구였다.

"아는 사이세요?"

놀란 내가 물었다.

"제 집사람의 제자랍니다. 벌써 십수 년이나 된 걸요."

"부인이 고쟁 선생님이세요?"

나는 놀랍고도 반가웠다.

"그렇다면 언제 소개해주세요. 대가의 연주를 들을 기회가 흔치 않으니까요."

그가 웃었다.

"벌써 만나셨잖아요? 홀에서 늘 고쟁을 연주하는 사람이 바로 제 집사람입니다."

나비에게는 징그러운 애벌레 시절이 있었고 펭귄에게는 초라한 몰골의 털갈이 시절이 있다. 바다 밑에서 몇 천 년 동안 단잠을 잔 조개만이 고귀한 진주를 품는다. 그것들이 가장 추하거나 오랫동안 잠든 그 시기에 당신은 과연 그 잠재된 아름다움과 진귀함을 알아챌 수 있을까?

개인의 잠재력은 경험에만 의지해서는 안 되며 정성을 들여야한다. 이 정성은 결코 운이나 야심, 갈망이 아니라 정확한 판단력에 속한다. 사물의 본질을 꿰뚫고 자신이 원하는 것이 무엇인지 판단하고 과감하게 행동해야 긴 세월 동안 축적해온 저변과 수준을 시험해볼 수 있다.

동쪽은 비바람,
서쪽은 석양

먼 곳에 사는 선배의 장례식에 참석하게 되었다. 마흔 줄로 보이는 망자의 따님은 몹시 슬퍼하고 있었다. 그녀는 남편의 어깨에 기대어 숨죽여 울었다.

"아버지… 왜 그렇게 급히 가셨어요… 아버지….."

그때 전화벨이 울렸고, 여인은 눈물로 얼룩진 얼굴을 들었다. 울음을 뚝 그치더니 자신의 가방을 들고 있던 남편 쪽으로 팔을 내밀며 외쳤다.

"여보… 내 핸드폰 울리잖아!"

민망하고도 우스꽝스러운 그 장면에 사람들은 참지 못하고 실소를 터뜨렸다.

장례식이 끝나고 사람들은 같은 차를 타고 돌아갔다. 몇 사람이 차 안에서 그녀에 대해 이야기했다.

"그렇게 슬프게 울다가 갑자기 그칠 수가 있다니… 망자에 대한 예의가 아니지."

"그럴 수도 있지. 그렇다고 슬퍼하지 않는다고 말할 수는 없어."

나는 참지 못하고 한마디 했다.

"진심으로 애도한 건 의심의 여지가 없어요. 그 전화가 중요했나 보죠."

한 친구가 반박했다.

"애도만 하기도 바쁜데 그럴 정신이 어디 있어?"

나는 고개를 저었다.

"때로는 감정을 자유자재로 조절하기가 어렵죠. 자기 생각대로 움직여주지도 않고요."

몇 년 전 친한 친구가 세상을 떠났다.

젊은 나이에 교통사고로 갑자기 세상을 등진 것이다. 전화로 그 소식을 들었을 때 나는 귀를 의심했다. 그의 가족이 울면서 그가 남긴 말을 전하는데 나도 눈물이 앞을 가려 말이 나오지 않았다. 전화를 끊자마자 나는 서둘러 비행기 표를 예약했다. 다음 비행기로 그 도시로 달려가 그의 장례식에 참석하기로 했다. 그때 엄마가 방문을 열고 들어오시며 들뜬 목소리로 말씀하셨다.

"공연 시간에 늦겠어. 어서 출발하자."

그제야 엄마와 함께 상성相聲(만담의 일종.-역주) 공연을 보러 가기로 한 일이 생각났다. 엄마는 그 공연을 보고 싶다고 몇 번이나 말씀하셨다. 인기가 높아 표도 가까스로 구했다. 평일에는 일이 바빠 엄마와 보내는 시간이 적었기 때문에 모처럼 효도할 기회였다. 그런데 이제 와서 표를 취소하면 말씀은 안 하셔도 크게 실망하실 터였다. 결국 약속한 대로 공연에 모시고 갔다.

그날 저녁, 나는 눈물이 채 마르지 않은 얼굴로 극장의 앞 좌석에 앉아 엄마와 함께 장장 세 시간에 걸친 상성 공연을 관람했다. 소문대로 공연은 재미있었고 엄마와 관객들은 배꼽을 잡고 웃었다. 나도 공연 분위기에 휩쓸려 몇 번이나 웃음이 입술을 비집고 나와 소리 내어 웃었다.

슬픔이 기쁨으로, 다시 슬픔으로 변했다. 공연이 끝나고 나는 서둘러 공항으로 향했고 무사히 비행기에 올랐다. 몇 시간 뒤 나는 친구의 영정을 마주하고 있었다. 사방은 흰 만장과 꽃으로 둘러싸였으며 비통함으로 한마디도 할 수 없었다. 마음속에는 그리움과 슬픔이 가득 찼다.

하루 사이에 일어난 이런 감정의 변화는 마치 잔혹한 코미디 같았다. 얼마나 합리적이며 또 얼마나 말도 안 되는 행동인가! 반항할 힘이 없는 사람들은 순리에 따라 받아들이는 수밖에 없다.

중국 남서부 윈난云南으로 가는 기차 안, 건너편에 젊은 여자 둘이 앉아 있었다. 그 둘은 서로 모르는 사이였다.

왼쪽에 앉은 여자는 남자 친구와 통화하는 중인 듯했다. 휴대폰을 손으로 가린 채 연신 즐거운 표정으로 뭔가를 말하고 있었다. 그녀는 창밖의 참새 한 마리까지 행복하게 묘사했다. 남자 친구가 재미있는 말이라도 해주었는지 몸을 뒤로 젖히며 깔깔거렸다. 그녀의 즐거움에 전염이 되어 나도 모르게 입꼬리가 올라갔다.

그런데 무심결에 고개를 돌리던 나는 오른쪽에 앉은 여자의 표정을 보고 흠칫하고 말았다. 그녀는 이어폰을 끼고 창문에 머리를 기댄 채 바깥 경치를 묵묵히 바라보고 있었다. 마치 외부의 모든 것과 자신은 무관하다는 듯 무표정한 얼굴이었다. 이때 그녀의 눈에서 나온 한 줄기 눈물이 뺨을 타고 천천히 흘러내렸다. 그녀에게 무슨 일이 있었는지 어떤 고통을 겪었는지 모르지만, 물어볼 필요도 없었다. 그녀의 표정이 모든 것을 설명해주고 있었기 때문이다.

나는 그저 이 황당하고 놀라운 장면을 바라볼 뿐이었다. 한쪽은 깔깔대며 웃는 여자와 다른 한쪽은 조용히 눈물을 흘리는 여자. 두 사람 사이에는 팔걸이가 전부였지만, 왼쪽과 오른쪽은 완전히 다른 세계로 나뉘어 있었다. 하지만 그렇게 해야 비로소 원만해지는 것처럼 두 여자 사이에는 조금도 어색함이 없었다.

이 느낌을 어떻게 표현해야 할까? 그 광경은 아마 가장 기묘한 순간으로 기억될 것이다. 왼쪽은 웃음을, 오른쪽은 눈물을 흘리는 사람이 함께 앉아 있다. 동시에 슬픔과 기쁨을 경험하고 함께 세상을 살아간다.

영국에 있을 때 친구와 런던 아이London Eye 관람차를 탔다. 관람차를 타고 세계에서 가장 높은 곳에 올랐을 때 갑자기 소나기가 내리기 시작했다. 심지어 우박까지 섞여서 후드득 소리를 내며 템스 강 위로 떨어졌다. 강줄기가 덩달아 세차게 용솟음쳤다. 창밖을 바라보다가 우산을 가져오지 않았다는 데 생각이 미치자 돌아갈 길이 걱정되었다. 흠뻑 젖을 것이 뻔했다.

그때 귓가에 친구의 함성이 들렸다.

"와! 정말 멋지다!"

"비바람이 이렇게 심한데 뭐가 멋지다는 거야?"

"무슨 소리야? 저기 봐! 석양이 저렇게 아름다운데."

우리는 동시에 고개를 돌려 반대 방향을 바라보았다. 그녀는 내가 시선을 두고 있던 쪽 창밖을 바라보고 갑자기 얼어붙었다. 친구가 서 있는 쪽의 풍경을 보고 깜짝 놀란 것은 나도 마찬가지였다. 창밖에는 석양이 천천히 내려오고 있었다. 붉은 석양은 런

던의 절반을 물들이며 찬란하게 빛나고 있었다. 내가 서 있는 쪽으로 다시 눈을 돌렸을 때 비바람은 여전히 세차게 몰아쳤다.

거대한 관람차는 천천히 돌면서 런던 전체를 두 개의 세계로 나눠놓았다. 다른 풍경을 품은 채 서로 방해하지 않고 있었다. 이것이 내가 처음으로 체험한 '동쪽은 비가 내리고, 서쪽은 석양이 지는' 정경이었다. 아름다우면서도 기이했던 이 장면은 지금도 잊을 수 없는 기억으로 남아 있다.

누구에게나 무관심과 관심 사이에서 배회하는 시기가 있다. 어쩌면 냉담한 방관자일 수도 있고 주인공 중 하나일 수도 있다. 사람의 감정은 날씨와 같지만 예보할 수 없다. 많은 요소에 의해 좌우되며 자유롭게 선택할 권리도 없다. 바람을 보며 비 소식을 전하기도 하고 천둥소리를 듣고 번개가 치는 것을 알 수 있지만 감정은 그렇지 않다.

사람으로 살아간다는 것은 마음대로 안 되는 일을 자주 겪는 것이다. 그러므로 어쩔 수 없이 일어나는 모든 일에 최소한의 이해가 따라야 한다. 덧없는 세상사에서 어쩌다 한 가닥 진심을 보여주었다면 이것 또한 성의를 다했다고 할 수 있지 않을까. 가끔은 전후 사정을 따지려 하지 말고 그대로 두는 게 좋을 때도 있다.

누구에게나 어려움은 있으니 말이다.

✤

결국 네 마디로
끝난 이별

샤오신小信을 알게 된 것은 대학 2학년 여름이었다. 동네엔 '서가西街'라고 부르는 작은 시장이 있었다. 찾는 사람이 별로 없는 허름한 시장이었다. 장사꾼들은 길가에 쪼그리고 앉아 학생들의 용돈을 노리고 학용품이나 먹을거리를 팔았다.

대학 1학년 때 채소와 저민 고기를 넣고 볶음밥을 만들어 파는 사람이 있었다. 점포도 없는 노점에서 주인은 가족과 함께 석탄 아궁이 위에 쇠솥 하나와 국자를 놓고 장사를 했다. 기름기가 잔뜩 묻은 손으로 얇게 썬 고기와 채소를 쌀밥과 함께 몇 번 볶으면 순식간에 먹음직한 도시락이 완성되었다. 그들은 4년 동안 장사를 했는데 내가 졸업할 무렵에는 가까운 곳에 3층 건물을 사서 오리구이 집을 냈다. 기숙사에서 나와 같은 방을 쓰던 한 친구는 그 집의 볶음밥을 즐겨 먹더니 살이 5킬로그램이나 쪘다. 오리구이 집을 내는 데 일조한 셈이다.

샤오신은 볶음밥 좌판 옆에서 수박을 파는 여학생이었다. 처음에는 마르고 조그만 체구의 여학생이 혼자 수박을 파는 것을 보고 놀랐다. 수박을 쪼갤 때 칼을 떨어뜨려 발이라도 다치지 않을까 걱정될 정도였다. 우려와 달리 샤오신은 그 시장에서 가장 장사를 잘했다. 친절한 목소리와 귀여운 미소로 손님을 사로잡았다기보다는 지혜를 동원한 덕이었다.

샤오신은 낡은 자동차로 수박을 운반했는데 트렁크에 냉장고를 부착하여 수박을 모조리 그 안에 보관했다. 그해 베이징의 여름은 가마솥더위가 맹위를 부렸다. 기숙사 건물에는 에어컨이 없어서 남학생들은 거의 벗다시피 하고 지냈으나 여학생들도 너무 더워서 그쯤은 눈에 들어오지도 않았다. 냉장고에 보관한 샤오신의 수박은 누구에게나 인기였다. 서로 돈을 내고 사가겠다고 줄을 섰다.

나도 자주 수박을 사러 갔다. 룸메이트들과 즐겨 먹기도 했지만, 수박을 한꺼번에 사다 놓으면 물러서 조금씩 먹을 양만큼만 샀기 때문이다. 샤오신은 커다란 수박을 먹기 좋은 크기로 잘라 그 위에 설탕까지 뿌려주었다. 그 맛은 이루 말할 수 없이 좋았다.

얼마 후 나는 그녀가 근처 다른 대학에 다니고 있다는 사실을 알았다. 학비를 벌기 위해 수박을 팔았던 것이다. 그녀는 날마다 새벽 5시에 일어나 과일 시장에 가서 물건을 해온다고 했다. 그리고 점심때와 학생들의 수업이 끝나는 시간에 맞춰 수박을 팔러 나온다는 것이다. 듣기만 해도 피곤한 일과였다.

"힘든데 조금씩만 팔아. 학비는 벌써 충분히 벌었잖아?"

나의 말에 그녀는 웃으면서 고개를 저었다.

"아직 부족해."

우리는 계단에 앉아서 그녀가 팔다 남은 마지막 수박을 먹고 있었다. 수박씨를 푸푸 뱉어냈다.

그녀는 자신이 버는 돈의 절반은 학비로 쓰고 나머지는 북쪽의 한 도시에서 공부하는 남자 친구에게 부쳐준다고 했다. 그녀의 대답은 나를 혼란에 빠뜨렸다. 다 큰 성인 남자가 자기가 쓸 돈을 왜 스스로 벌지 않는지 이해가 가지 않았다. 그녀는 수줍게 웃었다.

"남자 친구는 온종일 실험실에서 바쁘게 지내. 게다가 곧 대학원 시험을 준비해야 해서 다른 곳에 신경을 쓸 겨를이 없거든. 그 친구 집안 사정이 어려워서 공부에만 집중할 수 있도록 내가 용돈을 좀 부쳐주고 싶어."

"그렇다고 여자 친구한테 손을 벌리는 게 말이 되니?"

내 말투에는 가시가 돋쳐 있었다.

샤오신은 그저 웃을 뿐 더 이상 아무 말도 하지 않았다. 나의 반응 때문인지 그녀는 화제를 돌려 길 건너편 가게를 가리키며 기대에 찬 눈빛으로 말했다.

"언젠가 한 여자아이가 저기서 아이스크림을 들고 나오는데 정말 맛있게 생겼더라. 초콜릿과 땅콩이 잔뜩 들어 있었는데 가격이 비싸서 사 먹을 엄두가 나지 않았어."

"그 아이스크림이라면 나도 알아. 비싸긴 하더라. 이번에는 내가 사줄 테니 잠시만 기다려."

내 말에 샤오신이 황급히 나를 가로막았다.

"그러지 마. 돈이 없어서 못 사 먹는 게 아니라 아끼는 것뿐이니까."

어느 날 저녁 도서관에서 늦게까지 공부하고 돌아오는 길이었다. 교문 앞에서 샤오신이 나를 향해 열심히 손을 흔들고 있었다. 달려가보니 그녀는 흥분한 얼굴로 내 팔을 잡고 말했다.

"내가 아이스크림 사줄게!"

샤오신의 손에 이끌려 가게로 갔다. 나는 그녀가 열 개도 넘는 아이스크림을 들고 나오는 것을 보았다.

"너 미쳤어? 무슨 아이스크림을 그렇게나 많이 샀어?"

"오늘 오후에 정전이 돼서 가게 안에 있던 아이스크림이 다 녹아버렸나 봐. 다시 얼리긴 했는데 상품으로 팔 수 없는 지경이라 헐값에 팔더라구. 이럴 때나 맛보지 언제 보겠어. 이거 다 해서 두 개 값도 안 돼. 어서 먹자!"

그녀는 이렇게 말하면서 아이스크림 포장지를 벗기더니 모양이 엉망으로 변한 아이스크림을 한 입 베어 물었다. 기쁨이 얼굴 전체로 퍼졌다. 그러고 나서 내게도 하나를 건네며 말했다.

"어서 먹어. 정말 달다!"

꽈배기처럼 모양이 틀어진 아이스크림을 바라보며 나는 잠시 멍해졌다. 그러다가 그녀처럼 크게 한 입 베어 물었다.

"진짜 달다!"

나도 모르게 나온 탄성이었다. 그날 밤, 우리는 차가운 가을바람을 맞으며 덜덜 떨면서 그 가게 앞에 앉아 기묘한 모양의 아이스크림들을 모조리 먹어치웠다. 결국 우리는 배탈이 나서 3일이나 설사를 했다.

대학 4학년 때 내 기억으로는 가장 추운 겨울을 보냈다. 북쪽 지방에는 100년 만에 큰 눈이 내렸다. 폭설에 고립된 사람들은 꼼짝없이 갇혀 지내야 했다.

샤오신은 초조해졌다. 남자 친구의 학교가 바로 그곳에 있었기 때문이다. 갑자기 내린 폭설에 고향 집에서도 겨울옷을 미처 보내주지 않았을 터였다. 상가도 문을 닫았다고 하니 이 추위에 어떻게 견딜지 걱정이 태산이었다. 나는 그녀를 위로했다. 남자 친구도 이제 어른이니 친구들에게 빌려 입든 무슨 수를 냈을 거라고, 지금이 어떤 시대인데 대학생이 얼어 죽겠느냐고 다독였다.

그래도 샤오신은 여전히 초조한 마음을 거두지 않았다. 여자들은 사랑하는 남자를 포대기에 싸인 어린아이로 보는 습성이 있는 것 같다. 상대가 유약하고 단순하며 귀여운 행동을 한다고 여기고 심리적, 생리적으로 완벽하게 보살펴주고 싶어 한다. 물론 샤오신도 예외는 아니었다. 망설임 끝에 그녀는 남자 친구를 찾아가기로 결정했다.

내가 극구 만류했으나 샤오신의 결심을 돌리기에는 역부족이었다. 그녀는 남자 친구가 입을 겨울옷과 그가 좋아하는 먹을 것도 잔뜩 사서 가방에 넣었다. 가장 싼 완행으로 시외버스 표도 한 장 샀다. 어차피 비행기와 기차는 모두 운행이 정지되어 버스가 유일한 교통수단이었다.

그렇게 남자 친구에 대한 그리움과 기대를 잔뜩 안고 샤오신은 마침내 출발했다. 그 후의 이야기는 나중에 그녀에게서 들을 수 있었다.

버스가 출발하고 나서도 눈은 계속 펑펑 쏟아졌다. 한나절을 눈 속에서 강행군한 버스는 한밤중이 되자 고속도로 한가운데에서 더는 움직이지 못했다. 거대한 주차장이 된 도로는 온통 자동차 물결이었다. 목적지까지 불과 10여 킬로미터가 남은 지점이었다. 차가 꼼짝 못하고 눈길에 갇히자 샤오신의 초조함은 극에 달했다. 그녀는 마침내 대담한 결심을 했다. 차에서 내려 걸어가기로 한 것이다.

훗날 샤오신이 당시 상황을 묘사할 때마다 나는 상상이 가지 않았다. 젊은 여자 혼자서 겨울옷을 잔뜩 넣은 큰 가방을 짊어지고 눈길을 한 걸음 한 걸음 헤쳐 나가는 모습이라니. 게다가 10킬로미터가 훨씬 넘는 길을 어떻게 걸어갔을지 상상이 가지 않았다.

그 학교는 아주 후미진 교외에 있어서 한밤중에는 황량하기 그지없었다. 어쩌다 거리에 사람이라도 나타나면 주변 시골 마을 개들이 일제히 짖어대 섬뜩함을 자아냈다. 가장 큰 고역은 교문 앞까지 이어진 눈 덮인 길을 걷는 것이었다. 말이 눈길이지 중국의 동북 지역은 겨우내 눈이 녹았다 얼기를 반복해 눈이 쌓인 빙판길이나 다름없었다. 샤오신은 돈을 아끼느라 방한화도 제일 싸구려를 샀다. 그러니 신발 바닥에 미끄럼 방지 기능이 있을 턱이 없었다.

샤오신은 무거운 짐을 등에 진 채 빙판길에서 몇 번을 넘어졌는지 몰랐다고 했다. 하도 넘어져서 나중에는 온몸이 얼얼해졌고 주위에서 개 짖는 소리도 들리지 않았다고 했다. 심지어 인적이 드문 한적한 길을 여자 혼자 걸어가는 것이 얼마나 위험한 일인지도 완전히 잊었다.

"지금 생각해보면 통증이 모든 것을 잊게 했어."

베이징으로 돌아온 다음 그녀가 웃으며 한 말이다. 그녀는 바짓단을 걷어 다리를 보여주었는데 허벅지에는 온통 시퍼런 색과 보라색으로 멍이 들고 피가 맺혀 있었다. 어쨌든 그녀는 넘어지고 구르면서 마침내 학교 경비실에 도착했고, 자신이 찾아왔다는 사실을 남자 친구에게 전해달라고 부탁했다.

마침내 그가 나타났다.

그가 멀리서 그녀를 향해 걸어왔다. 교문 앞, 유일하게 서 있는 빛바랜 가로등 아래 하얀 눈꽃이 흩날리다가 그의 검은 외투 위로 떨어졌다. 샤오신은 그를 바라보았다. 그가 자신이 있는 곳을 향해 걸어와 바로 앞에 섰다. 그녀는 입을 벌려 무슨 말을 하려 했으나 온몸이 얼어붙어 말이 나오지 않았다.

"여긴 어쩐 일이야?"

그가 내뱉은 첫마디였다. 그녀는 어떻게 설명해야 할지 몰랐다. 문득 등에 짊어지고 있던 짐이 생각나 황급히 가방을 내려놓았다. 꽁꽁 얼어 마음대로 움직여지지 않는 손으로 가방을 겨우 열어서 옷을 꺼내 그에게 건넸다.

남자 친구는 인상을 찌푸리며 그 옷들을 바라보았다. 그녀는 그런 그의 눈을 바라보았다. 기대에 찼던 그녀의 표정이 조금씩 차가워졌다. 그러다가 차츰 표정을 잃어갔다.

그는 고개를 돌려 그녀를 바라봤다.

"이 옷들은 잘 입을게. 하지만…."

다음 말을 잇기 전에 그녀가 말을 가로막았다.

"고마워."

무척이나 황당한 대화였다. 남자 친구에게 옷을 주려고 폭설을 무릅쓰고 먼 길을 와놓고 첫마디가 "고마워"라니. 그러나 그녀는 '차라리' 먼저 입을 열었다. 그의 입에서 나오는 말을 듣기가 두려웠기 때문이다.

그가 말했다.

"미안해."

그녀가 대답했다.

"괜찮아."

더 이상 말은 필요 없었다. 설명할 필요도 없었다. 때로는 가장 간단한 대화만으로 상대의 마음이 뜨거운지 식었는지, 진실인지 거짓인지, 아니면 애초부터 마음이 없었는지 충분히 알 수 있으니까.

그녀는 몸을 돌려 얼어붙은 길을 향해 걸었다.

"잠깐만!"

그가 그녀를 불러 세웠다. 일말의 가책을 느낀 모양이었다.

"날이 너무 추우니 학교 숙소에서 자고 내일 가는 게 어때?"

그녀가 돌아보며 웃음을 지었다.

"아니, 됐어."

그녀는 총총걸음으로 걸어갔다. 더는 돌아보지 않았다.

돌아오는 길에도 그녀는 빙판길 위에서 무수히 넘어졌다. 하지만 이번엔 억지로 일어나려 애쓰지 않았다. 그녀는 이 길이 영원히 끝나지 않을 것이라고 생각했다. 차 한 대가 그녀의 앞에 멈추기 전까지는. 운전하던 사람이 창을 내리더니 말했다.

"아가씨, 이 밤중에 어디 가는 길이요?"

그녀는 인근 도시의 이름을 댔고 운전사는 잠시 생각하더니

"타요!"라고 했다. 그녀는 문 쪽으로 다가가며 생각했다. 이 자동차는 불법 영업차이며 차 안이 어두워서 운전사의 얼굴이 잘보이지 않는다. 그녀는 차 옆으로 다가가 머뭇거리며 손잡이를잡았다. 조금씩 공포가 밀려왔다. 그러나 사방을 둘러봐도 흰 눈이 덮인 벌판뿐 다른 차는 그림자도 보이지 않았다. 무사히 도착할 수 있을지는 이 순간 자신의 선택에 달려 있었다.

그녀는 차에 올랐다. 가슴께의 작은 가방을 꼭 움켜쥐었다. 안에 든 거라고는 돌아갈 차표와 현금 10위안이 전부였다. '상대가나쁜 뜻을 품지 않더라도 겨우 10위안으로는 돌아갈 차비를 내기에도 부족하다. 그렇다면 도착한 다음에는 어떻게 할까?'

그는 아무런 눈치도 못 채고 그녀에게 말을 걸었다.

"어디 사람인데 이렇게 늦은 밤에 학교에서 나오는 거요? 혼자서 무섭지도 않아?"

그녀는 아무 대답도 하지 않고 몸을 잔뜩 움츠린 채로 창밖의풍경을 멍하니 바라보았다. 가슴속이 더욱 황량해졌다. 운전자는 외지고 좁은 길로 차를 몰았고, 길 양쪽의 나뭇가지가 차창을몇 번이나 스치고 지나갔다. 그녀는 절망했다. 상대가 나쁜 마음을 먹고 덤비면 차에서 뛰어내려야겠다고 생각했다.

운전사는 그녀가 대답하지 않자 더 이상 묻지 않았다. 사방은조용하고 차가 속도를 내며 달리는 소리만 들렸다. 극도로 긴장한 탓인지 몽롱해지며 잠이 쏟아졌다. 눈을 감으면 세상사를 모두 잊어버릴 수 있을 것만 같았다.

차가 멈추고 기사가 부르는 소리에 그녀는 흠칫하며 잠에서 깼다. 식은땀이 났다. 기사가 몸을 돌려 그녀를 돌아보며 말했다.

"다 왔네. 내리시게나."

그녀는 멍한 채로 문을 열었다.

함박눈이 하늘 가득 쏟아지며 그녀를 감쌌다. 바람 소리가 잦아들고 사방의 건물에 점점이 켜진 불빛이 늘어났다. 도시 특유의 따뜻한 분위기가 전해졌다. 발밑은 단단한 땅이고 그녀는 마침내 더 넘어지지 않아도 되었다. 순간 눈물이 왈칵 쏟아졌다. 그녀는 훌쩍거리면서도 얼굴 전체에 우직함이 배어 있는 기사에게 감사의 인사를 잊지 않았다.

"정말 고맙습니다. 차비는 얼마를 드려야 하죠?"

"10위안이에요."

기사가 웃으며 대답했다.

샤오신은 손바닥에 꼭 쥐고 있던 10위안을 건네고는 갑자기 바닥에 주저앉았다. 기사가 놀란 눈으로 바라보았지만 그녀는 아랑곳하지 않고 목 놓아 통곡했다.

함박눈이 흩날리던 북국北國의 밤. 모든 절망과 눈물, 공포는 아무것도 아니었다. 스물두 살의 샤오신은 뭔가를 잃은 대신 또하나를 얻었다. 그녀는 마침내 자신에게 진정으로 필요한 것이 무엇인지 알게 되었다. 그것은 달콤한 수박도, 모양이 엉망이 된 아이스크림도, 아낌없이 바치는 청춘도 아니었다. 가로등 아래서 완전히 사라져버린 참담한 사랑도 아니었다.

살아야 한다. 그것도 자기만을 위해 잘 살아야 한다.

그것이 세상 어떤 것보다 중요하다.

오랜 시간이 지나 샤오신을 다시 만났다. 그녀는 한 다국적 기업의 인사부 책임자가 되어 있었다. 마른 체구에 예의 바르고 다정한 미소는 여전했다. 식사가 끝나자 그녀는 한사코 자신이 계산하겠다고 했다. 나는 그녀의 지갑에 꽂힌 세 식구의 사진을 꺼내 한참을 들여다보았다.

나는 과거 이야기를 꺼내고 싶지 않았다. 상처를 건드리는 것 같았기 때문이다. 그런데 그녀가 오히려 담담하게 옛 기억을 더 듬어가며 별 부담 없이 이야기를 이어갔다. 그것은 어리석은 남녀의 이야기이며, 줄거리는 아름답고 결과도 아름다웠다고 평가했다. '연극'은 끝났고 서로 미련 없이 각자의 길로 간 것이다. 나는 웃었다. 생각은 하되 가볍게 웃으며 한마디로 정곡을 찌를 수 있다면 그것이야말로 진정한 망각이 아닐까.

헤어질 때 나는 그 사진을 그녀에게 돌려주었다. 그 순간 뒷면에 쓰인 글씨를 발견했다. 자세히 보지는 않았으나 가슴이 쿵 내려앉았다. 반사적으로 사진을 든 손에서 힘을 뺐다.

우리의 마음속에 화려하게 꽃을 피운 나무 아래에는 과연 영원히 하늘을 보지 못할 비밀이 얼마나 묻혀 있을까? 입에 올리기 어려운 그 사랑, 마음 깊이 간직한 그 이야기들, 이미 색을 구별해낼 수 없는 한 줌 봄날의 진흙들이 말이다. 그러나 결국 끝까지 깊게 파 내려갈 수는 없다. 왜냐하면, 모든 갓 피어난 것들은 일찍이 가지 끝에 답이 있기 때문이다.

한번은 샤오신에게 전화를 걸어 주저하다가 마침내 용기를 내서 물어보았다.

"그 사진 뒤에 적힌 글자를 네 남편이 보았니?"

그녀가 웃었다.

"글자 적힌 사진 없는 사람도 있나?"

뒷면을 뒤집어보면 알 수 없는 말이 적혀 있고 정면은 활짝 웃는 사진. 이것이야말로 밝게 빛나는 행복이다. 지혜로운 사람은 감정을 아낄 줄 안다. 이것이 현명한 선택이다. 청춘의 시기에 인내를 모르고 바칠 줄만 아는 바보가 아니었던 사람은 없다. 폭설이 내리듯 요란하게 찾아온 사랑은 되돌리기 어렵다. 상대는 무심히 눈을 치우는 사람이다. 날이 밝으면 사람도 눈도 어느새 사라져 흔적도 없어진다. 그러니 그 사람에게 감사할 일이다. 쌓인 눈에 눌려 무너지지 않는 것에 대해.

다행히도 우리는 더 이상 사랑에 목숨 걸지 않으며, 다행히도 우리는 눈이 멎고 날이 갤 때까지 기다린다.

이것이 가장 좋은 결말이다. 두려워할 필요는 없다. 사실 이 세상의 모든 한때 당신을 가슴 아프게 했던 이별도 결국은 네 마디로 귀결된다.

"고마워."
"괜찮아."
"안녕."
"아니 됐어."

내 삶에 등장했던 '당신'에게 이 말을 바친다.

제2장

빛바랜 사랑을
회복하는
시간

❧

사랑, 한없이 나약하기에
그토록 영원한

그녀가 어릴 때 엄마가 돌아가셨다. 아빠는 재혼했고, 그녀에게는 새엄마가 생겼다. 하지만 나중에는 아빠마저 돌아가셔서 그녀는 새엄마와 단둘이 살게 되었다. 어릴 때 읽은 동화책의 영향을 받아서인지 계모는 무조건 욕하고 때릴 거라고 생각했다. 두려움과 반발심에 새엄마에게 "엄마"라고 부르기도 꺼려졌다. 부득이 말을 걸어야 할 때는 기어들어 가는 목소리로 마지못해 "저기…" "있잖아요…"라고 말문을 열었다.

새엄마는 평소 말이 없었으며 묵묵히 출퇴근을 했다. 그녀에게는 한 번도 매질이나 심한 말을 하지 않았다. 오히려 새엄마가 들어오고 나서 그녀는 세 끼를 배불리 먹었으며, 늘 깨끗하게 다려진 옷을 입었다. 아이들 사이에서도 눈에 띄게 세련된 학용품을 사용했고 빨간색 헤어밴드, 봉제인형을 가졌으며 어느 것 하나 부족함 없이 지냈다.

사춘기에 첫 월경이 찾아왔을 때, 그녀는 모든 소녀가 그렇듯이 무척 당황했다. 새엄마는 직장에서 일하다가 그녀의 전화를 받자마자 집으로 달려왔다. 속옷을 빨아주고 생리대를 챙겨주었으며, 흑설탕 물을 끓여 마시게 하고 물주머니를 데워 배를 따뜻하게 해주었다. 그녀가 편안히 잠드는 것까지 지켜보고 나서 비로소 안심했다.

고등학교 입시 때는 몇 점 차이로 5만 위안의 학교 선택비(소재지 학군이 아닌 다른 학교로 진학할 경우 그 학교에 내는 돈.-역주)를 내야 했는데, 새엄마는 두말없이 통장을 그녀에게 건네주었다. 사실 새엄마는 공장에 다니고 있어서 월급도 많지 않았으며, 그것이 집안의 유일한 저축이었다.

그녀가 대학에 진학하자 새엄마는 기숙사 방까지 따라와서 손수 침대보를 깔아주고 단정하게 정리해주었다. 새엄마가 돌아간 다음 그녀는 베개 밑에서 손으로 짠 목도리와 옅은 색의 립스틱, 그리고 당시 상당히 비싼 물건이었던 노트북 컴퓨터를 발견했다. 새엄마가 두고 간 선물이었다.

그녀가 남자 친구를 사귀어 집에 데리고 갔을 때, 그날 새엄마는 빨간색 상의를 화사하게 입고 집에서 먼 곳까지 마중을 나와 손을 흔들며 그들을 반겨주었다. 연신 싱글벙글 웃으며 입을 다물 줄 몰랐다. 그녀는 새엄마에게 남자 친구를 소개하려고 했으나 어떻게 운을 떼야 할지 몰랐다. 이런 날까지 "저기…" "있잖아요…"라고 할 수는 없지 않은가? 하지만 그런 그녀의 고민을 알고 있다는 듯이 새엄마는 자연스럽게 말했다.

"나는 이 아이의 이모랍니다. 어서 와요. 많이 먹어요."

식탁 위는 온통 그녀가 좋아하는 반찬으로 가득했다. 새엄마는 젓가락을 들었으나 음식은 먹지 않고 남자 친구의 집안 사정 등을 물어보면서 흡족한 웃음을 지었다. 그런 와중에 그녀는 새엄마의 흰머리가 눈에 들어왔다. 이미 반백半白의 머리였다.

그녀는 대학을 졸업했고 결혼을 하게 되었다.

그런데 결혼식을 앞두고 새엄마가 갑자기 심장마비로 쓰러졌다. 그녀가 병원에 도착했을 때 새엄마는 이미 세상을 떠난 다음이었다. 한마디 유언도 남기지 못하고 그대로 떠난 것이다. 새엄마는 평생 재혼하지 않았으며 아이도 낳지 않았다. 유서에는 모든 돈과 유일하게 남은 집을 그녀에게 물려준다고 쓰여 있었다.

처리할 일들이 많아 거의 슬퍼할 겨를도 없었다. 그녀는 결혼식을 미루고 새엄마의 장례를 치르는 데 집중했다. 돈을 아끼지 않고 정성을 들여 성대하게 장례식을 치렀다. 많은 사람이 그녀에게 효녀라며 칭찬했다. 모든 장례 절차가 끝난 뒤 그녀는 남자 친구의 배웅을 마다하고 혼자서 집으로 돌아왔다. 텅 빈 집 안은 적막하기만 했다.

그녀는 오랫동안 입안에서만 맴돌 뿐 차마 말이 되어 나오지 못한 한마디를 겨우 뗐다.

"엄마…."

방 안을 향해 또 한 번 외쳤다.

"엄마!"

힘없이 온 집 안을 오가며 문이란 문은 다 열어보았다.

"엄마!"

"엄마!"

"엄마!"

그녀는 온 힘을 다해 필사적으로 계속해서 엄마를 불렀다. 아무도 대답하지 않았다. 그리고 다시는 아무도 대답하지 않을 것이다. 한 번도 불러보지 않은 그 이름, 이제는 돌이킬 기회조차 없는 것이다. 모든 것은 이미 때가 늦어버렸다. 그녀는 천천히 쪼그려 앉았다. 창문 틈으로 들어오는 찬바람에 온몸을 떨며 손으로 얼굴을 가리고 흐느끼기 시작했다.

그는 부모님을 일찍 여의고 누나의 손에 자랐다. 누나는 공부를 게을리하는 그를 늘 호되게 꾸짖었으며, 심지어 회초리로 때리기도 했다. 그럴 때마다 그는 구속감과 지겨운 마음이 들었다. 자연히 학교를 빠지는 날이 많아졌고 성적은 갈수록 떨어졌다.

그가 중학생 때 여자 친구를 사귀자 누나는 눈물까지 흘리면서 그를 타일렀고 심지어 학교로 담임 선생님을 찾아가 상담까지 했다. 그는 더욱 반항심이 생겨 몇 명의 여자 친구를 더 만났으며, 고등학교 진학도 포기했다.

친척들은 그가 채소 장사라도 할 수 있게 도와주었다. 누나는 이제 돌이킬 수 없게 되었다고 길게 탄식했다. 자신이 제대로 동생을 가르치지 못해 돌아가신 부모님을 뵐 낯이 없다고도 했다. 누나의 반응에 그는 화가 치밀어서 아예 일마저 때려치우고 비슷한 부류들과 어울려 다녔다. 그러다가 한 여자를 만났고 그녀와 함께 지내게 되었다. 누나는 그의 여자 친구가 마음에 들지 않는다며 한사코 반대했다. 그는 누나가 결혼 자금과 집 살 돈을 보태주기 싫어서 하는 소리라고 생각했다. 누나를 원망하며 그는 홧김에 여자 친구와 혼인 신고까지 해버렸다.

결혼하고 2년이 지나자 그의 부인은 다른 남자와 바람이 나서 그와 아이를 버리고 달아나버렸다. 그에게 산더미처럼 쌓인 빚만 떠안기고 말이다. 눈앞에 놓인 상황에 화병이 생긴 그는 결국 신장에 큰 병이 생겨 이식을 받아야 할 처지가 되었다. 누나는 그동안 모아둔 재산을 탈탈 털어, 조직 검사를 하고 자신의 신장 한쪽을 그에게 떼어주었다. 수술 후 마취에서 깨어난 그는 바로 옆 병상에 누운 누나의 손을 잡고 소리 없이 눈물을 흘렸다.

그는 그제야 누나의 사랑을 깨닫게 되었다. 누나는 그동안 왜 사랑한다고 표현하지 않았을까? 기억 속의 누나는 늘 꾸중하거나 매질하는 모습이 전부였다. 심지어 모욕을 주기도 했다. 지금 생각해보면 동생이 잘되기를 바라는 마음에서 그런 것이지만 그 사랑을 다른 방식으로 표현할 수는 없었을까?

그는 누나에게 말했다.

"누나가 날 얼마나 사랑하는지 이제야 알 것 같아. 하지만 왜 그렇게 꾸중과 욕만 했어? 누나가 나에게 '사랑한다. 그러니 열심히 공부해야 한다. 여자를 사귀기 전에 좋은 데 취직해야 더 좋은 여자 친구를 만날 수 있단다'라고 말했다면 이렇게까지 되지는 않았을 거야."

━━━⚜━━━

그녀는 훌륭한 가수이자 내 친구였다.

우리는 일 때문에 알게 되었다가 금세 친해졌다. 나는 교만하지도, 지나치게 겸손하지도 않고 시원시원하며 상냥한 그녀의 성격을 좋아했다. 내가 일개 평사원에 불과할 때 그녀는 이미 전국에 알려진 유명 가수였다.

한번은 그녀와 함께 유명한 영화 시사회에 간 적이 있었다. 대부분의 스타들은 무대 뒤에서 우아하게 이야기를 나누고 있는데 그녀만 유일하게 소파에 앉아 큰 사과를 하나 꺼내 베어 물었다. 마치 허물없는 이웃집 소녀처럼 귀엽고 소탈했다.

나중에 나는 회사를 그만두고 책을 썼다. 출판되어 나온 책을 그녀에게 보내주었다. 그녀는 그 책을 열심히 읽은 다음 웨이보에 이렇게 썼다.

"정말 훌륭한 책이다. 소중히 간직할게. 다음 책도 기대한다."

나는 그녀가 고마웠다. 그러나 그것이 나에게 얼마나 큰 격려가 되었는지에 대해선 말하지 않았다. 그때 왜 말하지 않았을까?

2015년 1월 16일, 유방암이 재발한 그녀가 세상을 떠났다.

비통한 소식에 나는 한잠도 이룰 수 없었다. 나는 안다. 앞으로도 오랫동안 그녀가 생각날 때마다 그때의 아쉬움이 나를 괴롭히리라는 것을. 밖으로 표현하지 못하는 마음, 보여주지 못한 감정, 언제라도 가능하다고 생각하는 만남들. 이것들은 더 이상 낭만적인 생략 부호가 아니라 차갑고 고통스러운 마침표이다.

우리는 얼마나 많은 사랑을 말하고자 하였으나 잊고 사는가. 얼마나 많은 기회를 잃었으며, 부끄럽거나 쑥스럽다는 이유로 입을 열지 못했던가! 주변 사람들에게 낯간지러운 우스개로 비쳤을 사랑은 또 얼마나 많을까?

얼마나 많은 사랑이, 마음속에만 오랫동안 숨겨진 채, 사랑하는 사람에게 전달되지 못하고 헛되이 흘러가버렸을까? 마침내 입 밖으로 나와 허공을 맴돌며 아무도 들어주지 않은 사랑은 또 얼마나 많을까?

중국인들 사이에서 "너를 사랑해"라고 말하는 것은 "너를 미

위해"라고 말하는 것보다 훨씬 겸연쩍고 어렵다. 표현하는 순간 지위가 낮고 미천해진다고 생각한다. 이 한마디가 얼마나 심오한 영향과 감동을 주는지는 미처 모른다.

사랑은 그토록 중요한 것이다. 상대에게 확실히 표현해야 자신도 안심이 되고 상대도 분명히 알게 된다. 또한 긴 삶에서 잠깐의 헤어짐이나 영원한 죽음을 맞이해도 여한이 남지 않는다. 미움은 숨겨도 되지만 사랑은 표현해야 한다. 확실한 표현은 거짓된 행동이 아니고 과장된 쇼는 더더욱 아니다. 사랑하는 사람 앞에 있을 때 마음 깊이 감춰둔 진심 어린 한마디는 따뜻한 소통이며 나눔이다.

사랑은 마음에서 우러나고 입으로 표현된다. 마치 한 폭의 서화 작품에 화가의 낙관이 있어야 그의 작품임을 인정받는 것처럼 아무리 완벽한 진심도 표현해야 상대가 알아준다. 사랑하는 사람들 사이에 갈등이 생겼을 때 가볍게 내뱉는 사랑한다는 말은 마치 공기 방울처럼, 마술의 힘이나 우담바라(불교에서 3000년에 한 번 꽃이 핀다는 상상의 식물.-역주)처럼 소중히 여겨야 한다. 그 말은 그지없이 취약한 존재이기 때문에 그토록 영원한 표현으로 남는 것이다.

평생 당신을
견디겠다는 고백

어느 겨울, 훠궈 전문점 입구에서 한 남자가 찬바람을 맞으며 서성이고 있었다. 외투를 입었지만 몸이 꽁꽁 얼어붙어 덜덜 떨고 있었다. 그러나 그는 계속해서 빠른 걸음으로 서성이기를 멈추지 않았으며, 추위에도 옷자락을 펄럭이며 겨우 남은 온기마저 허공으로 털어버렸다.

보다 못한 종업원이 그에게 다가가 무슨 일이냐고 물었다. 남자는 추위로 빨갛게 언 얼굴을 문지르며 멋쩍게 대답했다.

"제 아내가 매운 훠궈를 못 먹는답니다. 알레르기 때문이죠. 냄새만 맡아도 온몸에 두드러기가 나거든요."

하지만 그는 매운 음식을 좋아해서 이따금 몇몇 친구와 매운 훠궈를 먹는 것으로 입맛을 돋우곤 했다. 문 앞에서 계속 서성

이는 것은 몸에 밴 휘궈 냄새를 아내가 맡지 못하게 하기 위해
서란다.

종업원은 이해가 가지 않았다.

"매운 음식을 그토록 좋아하면 매운 것을 전혀 못 먹는 사람
과 평생을 사는 게 힘들지 않아요?"

"좋아하는데 어쩔 수 없잖아요? 매운 것뿐 아니라 소금이나
물, 심지에 공기에 알레르기 반응을 일으킨다고 해도 문제 될 것
이 없답니다. 나에 대한 알레르기만 없다면 상관없어요."

추위 때문에 꽁꽁 언 얼굴을 하고서 남자는 미소를 지었다.

"사랑하니까 모든 것을 견딜 수 있답니다."

<hr>

홍콩에서 출발해 마카오로 향하는 배 안에서 한 젊은 여자가
뱃멀미로 구토하는 모습을 보았다. 비닐봉지를 손에서 내내 놓
지 못하는 것을 보니 그녀의 극심한 괴로움을 짐작할 수 있었다.
나는 그녀에게 다가가 봉지를 새것으로 갈아주었다. 그녀는 힘
없는 목소리로 "고맙습니다"라고 인사했다. 그녀의 창백한 얼굴
을 바라보니 쉽게 곁을 떠나지 못하게 되었다. 그래서 등을 두드
려주며 이런저런 이야기를 건넸다. 그녀의 주의를 다른 곳으로
돌려줄 참이었다.

그녀는 자신이 홍콩 사람이며, 남자 친구를 만나기 위해 마카

오로 가는 길이라고 했다. 남자 친구가 그녀를 만나러 오지는 않느냐는 나의 질문에 그녀는 한숨을 쉬며 그의 부모가 병이 위중하여 병상을 지켜야 하므로 긴 시간 떠나 있을 수 없다고 했다. 그렇다면 아예 마카오에서 같이 생활하지 그러느냐고 하자, 그녀는 자기 집에도 사정이 있어서 당분간 떠날 수 없다고 했다.

나는 미간을 찌푸렸다.

"뱃멀미가 원래 그렇게 심했어요?"

"네. 배만 타면 토한답니다. 약을 먹어도 전혀 나아지지 않네요."

"마카오엔 자주 가세요?"

"매주 가는 편이죠. 비바람이 불어도 무조건 가야 해요. 오갈 땐 어김없이 구토를 하지만요."

나는 놀라서 물었다.

"남자 친구와 사귄 지 얼마나 되었어요?"

그녀는 잠시 생각하더니 대답했다.

"우리가 열여덟 살에 만났고 올해 스물여덟 살이니까 벌써 십년째 만나고 있네요."

나는 내 귀를 의심했다. 일주일에 한 번 왕래하면서 두 번을 토한다면, 한 달에 8번, 1년이면 96번, 10년이면 거의 1000번 가까이 구토를 했다는 것이다. 그녀의 말이 사실이라면, 그녀는 정말 미쳤다!

그녀는 나의 의심하는 표정을 보더니 웃었다.

"거짓말이 아니에요. 하지만 저희 집 일도 거의 다 해결이 되어 다음 달에 결혼할 수 있게 되었답니다. 이제 이런 고생도 마침내 끝이 난 거죠."

나는 여전히 믿어지지 않아 물었다.

"긴 세월을 견디게 해준 힘이 무엇인가요?"

그녀는 이번에도 웃었다.

"멀미가 죽을 만큼 심할 때마다 저는 생각했어요. '조금만 더 참으면 그를 볼 수 있다. 참자, 참자. 그럼 배가 곧 육지에 닿을 거야.' 그렇게 참다 보니 어느새 10년이 지났네요."

------------------✦------------------

노부부가 있었다. 아내는 심한 결벽증이 있었고 남편은 정반대로 위생 관념이라곤 없었다. 심지어 남편은 집안일도 도와주지 않았다. 부부는 이 일로 다툼이 잦았다. 아내는 남편이 지저분하고 몸에서 냄새가 나며, 돼지처럼 게으르다며 모든 거북한 단어를 다 동원하여 남편을 비난했다. 하지만 남편은 요지부동이었다. 사람들은 일상생활에서 그토록 불협화음 일색인 부부가 늘 다투면서도 헤어지지 않고 사는 것이 신기하다고 생각했다.

세월이 흐르고 부부는 은혼식을 맞이했다. 그런데 은혼식 바로 다음 날 아내가 갑자기 쓰러져 병원으로 실려 갔다. 검사 결과 파킨슨병으로 밝혀졌다. 자녀들은 어머니를 요양원에 모시자고 아버지를 설득했다. 어머니의 보살핌 속에서 살아온 아버지가 청소도 제대로 못 한다는 사실을 그들은 잘 알고 있었기 때문이다. 그런 아버지가 병든 어머니를 돌보는 것은 무리였다. 하지만 아버지는 어머니를 집으로 데려오겠다고 고집했다.

몇 년이 지나 노부부의 집을 찾은 사람들은 놀라서 입이 딱 벌어졌다. 집은 말끔히 정리되어 있을 뿐 아니라 창문까지 깨끗하게 닦여 있었다. 부인은 조금도 야위지 않았으며 얼굴은 혈색이 좋아 건강해 보였다.

비록 휠체어에 앉아 흐릿한 눈빛을 하고 입에서는 침이 흘러내렸지만, 남편은 참을성을 가지고 흘러내린 침을 말끔히 닦아 주었다. 두 사람이 입고 있는 옷도 정갈했으며 부인이 가장 좋아하는 레몬 향기가 은은히 풍겼다. 심지어 몇 종류의 화초도 기르고 있어 집 안은 푸른 싱그러움과 생기가 넘쳤다.

우리는 남편이 도우미를 쓰는 줄 알았다. 그런데 그의 이야기를 들어보니 순전히 혼자 힘으로 해나가고 있었다. 그는 환자를 보살피는 방법과 청소, 밥 짓기, 빨래와 옷 개는 법을 스스로 익혔다. 모르는 것은 이웃이나 자녀들에게 묻기도 했으며, 인터넷을 검색하여 요리와 꽃 가꾸기까지 배웠다. 아내의 기저귀를 갈아주고 목욕과 양치질도 시켜주며 그녀를 정성껏 보살폈다. 아내를 잘 건사하는 것은 물론, 자신의 몸도 깨끗이 유지할 정도로 생활 습관을 완전히 바꾸었다.

지인들이 그의 변화에 감탄하자, 그는 짐짓 정색하며 말했다.

"감탄해야 할 대상은 집사람이네. 나같이 지저분한 사람을 집사람이 그 많은 세월 동안 참아주었다는 것만 보아도 나를 진심으로 사랑했다는 것을 알 수 있거든. 내가 받은 만큼 보답하는 것은 당연한 거지."

그는 손가락을 꼽아가며 계산을 했다.

"집사람이 반평생을 참아주었으니 이제 내가 남은 반평생을 참을 차례인 게지. 우리 두 사람이 이렇게 한평생을 같이하면 비로소 완벽해지지 않겠나."

***

"사랑은 오래 참고, 사랑은 온유하며"라는 성경 구절이 있다. 그러나 진정한 사랑과 오랜 인내와 온유함을 지킬 수 있는 '어린 양'은 하느님이 바라는 만큼 그렇게 많지 않다. 이 세상에 가벼운 인내란 없다. 오래 참는다는 것은 길고 지루하며 자제함을 의미한다.

사랑은 처음에는 달콤한 마약과 같아서, 열정에 끓게 하고 고난이나 두려움을 잊고 전력을 기울이게 한다. 그리하여 고통을 견디는 힘도 부쩍 강해진다. 그러나 시간이 지나고 사랑의 약효가 떨어지면 고통은 더 크게 느껴진다. 그때가 되면 참는 것이 이미 습관으로 굳어졌음을 발견하게 된다. 그 씁쓸함 가운데 조용히 인생의 맛을 느끼게 된다. 마치 씁싸래한 차를 마시고 난 다음 달콤한 뒷맛이 남듯이. 콩깍지가 벗겨진 다음에도 떠날 수 없으며 떨어질 도리가 없다. 결국 스스로 빠져나오기 어려우며 기꺼이 원하여 남게 된다.

우리가 구애를 받을 때 가장 많이 듣는 말은 "사랑해", "기다릴게", "당신이 필요해"라는 맹세다. 그런데 당신을 평생 견디겠다고 맹세하는 사람들이 있다.

나는 당신의 게으름을 참고 당신은 나의 잔소리와 까다로움을 참아준다. 하지만 이보다 더 중요한 것은 상대방이 참을 때의 고통을 알아주고 자신의 결점을 고치기 위해 노력하는 것이다. 더 아름답고 완벽한 한 쌍이 되기 위해 노력하는 것. 이것이야말로 시처럼 아름다운 결말이다. 완벽하다고는 할 수 없지만 지극히 낭만적이고 심오한 이치가 아닐까.

연인으로 삼아서는
안 되는 남자

위안진袁錦과 저우수오周鑠가 결혼을 했다. 저우수오를 흠모하는 여자들은 그와 결혼한 위안진을 질투의 눈길로 바라보았다. 저우수오가 훨씬 아깝다는 이유에서였다. 안정된 직업과 고소득, 잘생긴 외모도 한몫했지만 무엇보다 저우수오는 모든 사람들이 생각하는 '좋은 사람'의 표본이었다.

위안진과 저우수오의 첫 만남은 길거리에서 이루어졌다.

한 남자가 100위안짜리 위조지폐로 고구마를 파는 노인을 속이려다가 들켰다. 노인은 남자가 달아나지 못하게 꼭 붙잡았고, 남자는 계속 욕을 퍼부으며 손을 뿌리치고 달아나려고 했다. 저우수오는 쏜살같이 달려가 그 남자를 땅바닥에 주저앉히고 경찰에 신고했다. 부드러운 말로 노인을 안심시키는 일도 잊지 않았다.

경찰이 오자 그는 사건의 경과를 확실하게 설명하고 범인을 경찰에 넘겼으며 증언도 하겠다고 약속했다. 마지막에는 갖고 있던 돈을 모두 노인에게 주었다. 주위에서 이를 지켜보던 사람들은 "정말 착한 젊은이"라며 그를 칭찬했다. 이 과정을 모두 지켜본 위안진은 저우수오의 멋진 모습에 가슴이 설렜다.

사귀는 시간이 길어질수록 위안진은 저우수오가 보기 드문 착한 사람이라는 것을 느꼈다. 그는 돈이 없어 학업을 포기한 학생들의 학비를 대주었으며 그들에게 매달 기숙사비와 생활비를 부쳐주었다. 감동적인 소설을 읽거나 슬픈 영화를 보면 눈물을 흘렸으며, 작은 동물들을 사랑해서 개미 한 마리도 함부로 밟지 않았다. 거리에서 노래 부르는 가수를 보면 지나치지 못하고 노래를 들어주고 그들이 제작한 CD를 사거나 지폐를 놓고 왔다.

평소 그는 여자들에게 온화하고 교양 있는 태도로, 남자들에게는 호탕하고 기개 넘치는 태도로 대했다. 모임에 나가면 먼저 음식 값을 계산했으며, 친구가 어려운 일을 당하면 나서서 도왔다. 사람들은 저우수오가 따뜻하고 세심하며 착하고 감성적이며 순수하다고 평가했다. 그리고 저우수오와 결혼하는 여자는 조상 대대로 큰 덕을 쌓은 사람일 것이라고 생각했다.

위안진도 그렇게 생각했다. 그래서 저우수오가 무릎을 꿇고 청혼했을 때 그녀는 세상의 행운을 독차지한 것처럼 행복했다. 온몸의 땀구멍 하나하나가 흥분과 격정으로 채워지는 듯했다.

그녀의 절친한 친구 탕_唐은 시샘 어린 축하의 말을 건넸다.

"이건 정말 대박이다!"

그러나 '대박이 난' 위안진과 저우수오가 결혼한 지 3년 만에 뜻밖의 소식이 들려왔다. 두 사람이 이혼했으며, 그것도 위안진이 먼저 이혼하자고 했다는 것이다. 소식을 들은 사람들은 하나같이 위안진의 머리가 비정상이라고 말했다. 그러나 위안진은 매우 단호한 태도로 이혼을 고집했다.

이혼이 확정되자 그를 아는 여자들은 갑자기 술렁였다. 은근히 추파를 던지며 돌아온 골드 싱글 저우수오와 어떻게 하면 가깝게 지낼 수 있을까 생각했다. 저우수오는 위안진과 끝내는 것을 망설였지만 위안진의 결심은 단호했다. '좋아한다면 누구라도 그와 사귀어보라'는 태도였다. 이런 그녀의 태도는 여자들의 분노를 샀다. 저우수오를 추종하는 '팬클럽'은 뒤에서 그녀를 비아냥댔다.

"저렇게 좋은 남자와 잘 지내지 못하는 걸 보면 여자에게 문제가 있는 것이 분명해!"

"저렇게 단호하다니, 누가 저런 여자를 좋아하겠어?"

탕은 호기심을 참지 못하고 결국 위안진과 단둘이 있는 자리에서 이혼 사유를 캐물었다. 그날 위안진은 술을 마셔서 불그레한 얼굴로 탕에게 말했다.

"너희들은 그 사람이 좋은 남자라고 말하지만 그건 3분의 2만

맞는 말이야. 좋은 사람이긴 하지만 좋은 '남자'는 아니거든."

"밖에서는 친절하기 그지없는 사람이 자기 여자에게는 최소한의 관심도 보여주지 않는 건 왜일까?"

그녀는 술잔을 들고 질문을 던졌다. 탕에게 묻는 것 같지만 자신에게 묻는 말이기도 했다.

두 사람이 결혼한 첫해, 위안진은 한밤중에 급성 맹장염으로 극심한 고통을 느꼈다. 저우수오는 외출 중이었고, 위안진은 고통을 참으며 남편에게 전화했으나 받지 않았다. 거의 혼절하다시피 한 그녀는 할 수 없이 직접 구급차를 불렀다. 병원에 실려 가서는 스스로 수술 동의서에 서명하고 수술대에 올랐다. 그녀는 저우수오가 놀랄까 봐 걱정되어 수술 전에 상황을 설명하는 메시지까지 남겨두었다.

수술을 받은 다음 날 오후가 되어서야 저우수오는 비로소 병실에 나타났다. 병실 침대에 누운 위안진은 입술이 타도 물 한 모금 마실 수 없는 상황에서 남편만을 눈이 빠지게 기다리던 참이었다. 남편을 보자 눈물이 왈칵 쏟아졌다.

저우수오에게 늦게 나타날 만한 사정이 있기는 했다. 지난밤 친구 몇 명이 불법 도박을 하다가 경찰에 붙잡힌 것이다. 소식을 들은 그는 경찰서에 찾아가 벌금을 내주고 도움이 될 만한 사람을 찾아가 사정하는 등 밤새 그곳에 있었다. 물론 그녀의 문자 메시지를 확인했지만 병원에 가도 별 도움이 되지 않을 것 같아 친구의 일부터 처리하고 위안진의 수술이 끝난 다음에 오는 편이 낫다고 판단했다.

기나긴 해명을 마친 그는 다시 경찰서에 가봐야 한다며 일어섰다. 그녀에게는 "혼자서도 잘할 수 있지?" "기운 내!"라고 당부했다. 위안진은 아픔과 서운함이 교차하여 아무 말도 할 수 없었다.

얼마 후 위안진이 임신을 했다. 저우수오도 몹시 기뻐했다. 남편에게 적잖은 실망감을 토로했던 위안진도 이번에야말로 두 사람의 소원해진 애정을 회복할 좋은 기회라고 생각했다.

산전 검사를 하려고 두 사람이 병원에 가던 날, 저우수오는 성큼성큼 앞장서서 걸었다. 위안진은 뒤를 따라가며 천천히 가라고 부탁했다. 저우수오가 인상을 찌푸리며 돌아보더니 "왜 이렇게 걸음이 느려!"라고 툴툴거렸다. 임신하고 첫 3개월 동안은 위험하니 빨리 걸을 수 없다는 위안진의 말에 저우수오는 오히려 짜증을 내며 말했다.

"유난스럽기는. 다른 임신부들은 당신처럼 응석을 부리지 않는다고!"

위안진이 뭐라고 해명하려는데 저우수오가 갑자기 뭔가를 보고 급히 뛰어갔다. 한 할머니가 걸어오는 것을 보고 얼른 뛰어가 부축하는 것이었다. 그리고 나서 부드럽고 친절하게 말했다.

"할머니, 제가 부축해드릴게요."

그는 할머니의 보폭을 맞추며 조심스럽게 걸었다. "천천히 조심해서 가세요"라며 당부하는 것도 잊지 않았다. 길 건너편으로 멀어져가는 두 사람의 뒷모습을 보며 위안진은 황당한 마음에 웃어야 할지 울어야 할지 몰랐다.

며칠 지나지 않아 저우수오는 갑자기 길고양이 한 마리를 집에 데리고 왔다. 고양이는 몹시 지저분했다. 저우수오는 손수 고양이를 목욕시키고 먹이를 주었다. 부부가 쓰는 수건으로 고양이의 몸을 닦아주기까지 했다. 그는 전혀 지저분하다고 느끼지 않는 모양이었다. 게다가 흥분하여 이렇게 말했다.

"이 고양이가 얼마나 불쌍한지 좀 봐. 쓰레기 더미에서 내가 구해왔지. 한 생명을 구하는 것은 7층 불탑을 쌓는 것보다 낫다니까."

사실 위안진은 가벼운 동물 알레르기 증상이 있었다. 평소에는 심하지 않았으나 임신 후 체질이 변하면서 더 심해졌다. 게다가 저우수오가 데려온 고양이는 털이 길어서 사방이 고양이 털 천지였다. 그녀는 입을 막고 끊임없이 재채기를 해댔으며, 급기야 전보다 더 심하게 구토를 했다. 그야말로 고역이었다. 위안진은 저우수오에게 고양이 기르는 것을 반대하지는 않지만 지금은 시기가 시기인 만큼 지인의 집에 잠시 맡겼다가 아이를 낳은 다음 데려오는 것이 어떠냐고 제안했다.

저우수오는 눈을 부라리며 이해할 수 없다는 듯이 말했다.

"나는 당신에게 사랑하는 마음이 있는 줄 알았어!"

위안진도 화가 났다.

"이게 사랑하는 마음과 무슨 관계가 있다고 그래요? 아이와 아내의 건강이 더 중요해요, 아니면 고양이와 잠시 헤어지는 게 더 큰일이에요?"

저우수오는 장황하게 말을 늘어놓았다.

"세상 만물은 평등해. 당신만큼 고양이도 중요하다고!"

위안진은 그와 정말 말이 안 통한다고 생각했다.

"고양이더러 죽으라는 것이 아니라 당분간 다른 곳에 맡기자는 것뿐이잖아!"

"친구를 힘들게 하는 일은 못 하겠어."

위안진도 화가 치밀었다.

"그럼 나를 힘들게 하는 것은 괜찮고?"

두 사람의 다툼은 커졌다. 위안진은 저우수오가 말이 통하지 않는다고 비난했고 저우수오는 위안진이 마음씨가 나쁘다고 비난했다. 위안진은 화가 나서 친정으로 가버렸다.

며칠 후 위안진은 시어머니에게 걸려온 전화를 받았다. 시어머니는 위안진을 달래며 아들을 대신해 미안하다고 사과하면서도 한편으로는 불쾌감을 드러내며 이렇게 중요한 시기에 성질 그만 부리고 마음을 가라앉혀 태교에 전념하라고 일렀다. 또 고양이를 다른 곳으로 보내게 했으니 이쯤에서 눈감아주고 집으로 돌아오라고 당부했다.

위로는커녕 어머니를 동원해 압력을 가하다니.

그녀는 이해할 수 없었다. 평소 말주변이 좋고 성격도 좋은 저우수오였다. 친구들은 다툼이 벌어지면 그에게 중재를 요청했으며, 연인 사이에 갈등이 벌어졌을 때도 그는 훌륭한 조정자였다. 그런데 정작 자신의 집안일에는 조금의 인내심도 없고 상대의 입장을 헤아릴 줄 몰랐다.

위안진은 여전히 언짢았지만 시어머니를 통해서 남편이 화해를 청한 셈이 돼버렸다. 그녀는 결국 더 이상 버티지 못하고 집으로 돌아왔다.

집에 돌아오고 나서도 위안진의 입덧은 계속되었다. 저우수오는 별 관심도 갖지 않고 특별한 일이 없는데도 밖으로 돌았다. 무슨 일로 나가느냐고 물으면 친구 집에 맡겨놓은 고양이를 보러 간다고 하니 위안진은 입을 다물 수밖에 없었다.

그러던 어느 날 눈가가 빨개져서 귀가한 저우수오가 위안진을 원망하는 투로 말했다.

"다 당신 때문이야! 고양이를 그토록 보내자고 하더니 위장병이 심해져서 결국 오늘 죽어버렸잖아!"

위안진은 깜짝 놀라 그를 위로하려고 했으나 저우수오는 그대로 나가버렸다.

"당신과 더 이상 같이 있기 싫어. 고양이 장난감을 가지러 잠깐 들른 거야. 친구들을 불러 고양이 장례를 치러줘야겠어."

저우수오는 문을 박차고 나갔다. 위안진은 그의 격앙된 모습에 아무래도 마음이 놓이지 않아 그를 몰래 뒤따랐다. 그가 공원에 도착했을 때, 그곳에는 뜻밖에도 젊은 여자 한 명이 그를 기다리고 있었다. 두 사람은 정성껏 고양이를 묻어주었고, 그 자리에 작은 흙무덤이 생겼다. 여자가 저우수오의 품에 안겨 울음을 터뜨리자 저우수오는 부드러운 말로 위로했다. 비통하면서도 다정한 모습이었다. 두 사람이 손을 잡고 서로 눈물 젖은 얼굴로 바라보는데, 그야말로 삼류 드라마 저리 가라 할 장면이었다.

이 모든 장면을 지켜본 위안진은 화가 치밀어 거의 혼절할 지경이었다. 그녀가 욕지거리를 퍼부으며 저우수오에게 다가가자 그는 화들짝 놀랐다. 그러나 곧 적반하장으로 그녀가 엉뚱한 상상을 한다며 언성을 높였다. 여자가 울고 있는데 좋은 말로 위로해주는 것은 당연하며, 그렇게 하는 것이 신사다운 태도라는 것이다. 위안진은 그런 남편을 말로 이길 수가 없었다.

그때 마침 아랫배가 갑자기 아파서 급히 병원으로 달려갔다. 진찰을 끝낸 의사는 배 속의 태아가 이미 사망했다고 말했다. 저우수오는 아직 몸이 회복되지 않은 위안진에게 비난을 퍼부었다.

"내 아내가 되어서 어쩌면 그렇게 마음이 좁아터졌어? 마음을 넓게 쓰고 아량을 베풀었으면 이런 일을 당할 리가 없잖아?"

위안진은 퇴원하고 나서 정식으로 이혼을 제기했다. 저우수오는 도무지 자신이 뭘 잘못했는지 수긍이 가지 않았다.

"당신은 아무 잘못 없어. 전 세계가 당신을 원하고 당신도 세계를 구할 수 있는 사람이니까. 나 하나만 제외하고 말이야."

위안진이 탕에게 말했다.

"너 그거 아니? 동물을 사랑해서 채식을 하는 사람이라 해도 시간을 들여 네 입맛을 연구하고 너를 위해 맛있는 요리를 해주지는 않아. 가난한 산골 소년에게 옷과 신발 등을 선물할 수 있지만 추운 겨울날 너의 손을 잡아주지는 않지. 낯선 사람에게 봄바람같이 따뜻함을 베풀면서도 정작 자기를 사랑하는 사람에게는 가을바람에 떨어지는 낙엽처럼 매정하게 굴어. 할 줄 몰라서가 아니라 이미 시간과 정력을 밖에서 다 써버렸거든.

그는 모든 사람과 화목하게 지내면서 자신의 아내와 잘 지낼 줄은 모르고, 심지어 배우려고 들지도 않지. 왜냐하면, 아내는 이 세상에 유일한 존재고 이 세상이 부여할 수 있는 존재감과 사명감은 더 크고 강한 것이거든. 그는 명성을 즐기고 무수한 감탄의 눈길과 칭찬 속에서 만족을 느끼는 사람이야. 그래서 가장 가까이에 있는 친근한 숨결과 느낌은 철저히 간과해버린 거야. 본질적으로 이것은 또 다른 의미의 이기주의야."

탕은 처음에는 믿기 어려워하더니 이내 곤혹스러운 표정을 지었다. 한참을 머뭇거리던 그녀가 입을 열었다.

"앞으로 저우수오처럼 사람 좋은 상대를 만나면 또 사랑에 빠질 것 같니?"

"나도 모르겠어. 좋은 사람인지 좋은 남자인지 잘 살펴보는 수밖에 없지."

모든 사람이 칭찬하는 좋은 사람이라고 해서 반드시 좋은 남자라는 법은 없다. 이 두 단어는 태생부터 다른 것이다.

만물에 자비를 베푸는 사람이 주변 사람의 작은 잘못에는 그냥 넘어가지 못할 수도 있으며, 친구와 의리를 지키기 위해 때로는 자기 가족의 이익을 희생시킬 수도 있다. 낯선 사람을 배려하는 사람이 아내에게는 냉담하고 가정 폭력을 쓰지 않는다는 보장이 없다.

어떤 사람은 친구, 놀이 친구, 지기, 형제가 되기에는 적합하나 연인이 되기에는 부적합한 천성을 가지고 있다. 세상을 향한 모든 자비, 의리, 열정은 좋은 연인이 되는 데 있어 가산점에 불과하다. 합격선은 사랑하는 이에 대한 관심이다.

당신이 그를 필요로 할 때 그는 당신 곁에 있어줄 사람인가? 아니면 당신보다 세상이 자신을 더 필요로 한다고 느끼고 있을까? 전자라면 그는 당신의 사람이 맞다. 하지만 후자라면 그는 당신이 아닌 모두에게 속하는 존재다. 그가 만인의 존경을 받는 그런 사람이라면 멀리서 예를 갖추고 스쳐 지나가면 그만이다.

너만 좋다면
그걸로 됐어

대학 때 친구 몇 명과 여행을 간 적이 있다. 그중 한 커플이 흥미를 끌었다. 한창 열애 중이라서 그런지 여자는 남자에게 거리낌 없이 행동했다. 사소한 일에도 계속 그를 불러댔다.

"빨리 와서 물병 좀 열어줘!" "가방이 너무 무거워. 대신 들어줘." "나 이 반찬 안 먹는 거 알면서 왜 주문했어? 네가 먹어." "힘들어서 못 걷겠어. 업어줘."

성격 좋은 그는 불평 한마디 없이 그녀가 하자는 대로 했다. 당사자가 괜찮다는데 우리가 나설 수도 없었다.

한번은 산에서 야영을 하는데 한밤중에 모기가 날아다녀 잠에서 깬 나는 모기약을 찾아 나섰다. 그런데 텐트를 열자마자 소스라치게 놀랐다. 멀리서 검은 물체가 움직이는 것이었다. 정신을

차리고 자세히 보니 그였다. 그는 한참을 뛰어왔는지 숨을 헐떡
이며 이쪽을 향해 오고 있었다.

놀란 가슴을 진정하기도 전에 그에게 원망하는 투로 말했다.

"이렇게 늦은 밤에 밖에서 뭘 하고 온 거야? 놀라 죽는 줄 알
았네."

그는 미안한지 멋쩍게 웃으며 말했다.

"여자 친구가 생리를 하지 뭐야. 마을에 내려가 생리대를 사
오느라고."

나는 기가 막혔다.

"아니 그런 거라면 우리한테 빌려달라고 하지. 일부러 마을까
지 가서 사 올 필요는 없잖아!"

그는 민망하게 웃었다.

"다른 사람들이 쓰는 브랜드는 안 쓰겠다고 말하더라고."

"이 밤에 차도 없었을 텐데… 한 시간은 걸렸겠구나."

"괜찮아. 그 애가 좋다면 난 그것으로 됐어."

나는 할 말이 없었다. 그는 더 말하지 않고 황급히 텐트 안으
로 들어갔다. 그때 그를 나무라는 그녀의 목소리가 텐트 밖으로
새어 나왔다.

"왜 이렇게 오래 걸렸어? 이게 뭐야. 내가 말한 브랜드가 아니
잖아. 그새 잊어버렸어? 정말 바보네!"

그는 목소리를 낮추더니 그녀에게 해명했다.

"네가 말한 브랜드가 어떤 건지 잘 몰라서 그랬어. 아쉬운 대

로 일단 이거라도 사용해. 응?"

나는 더 듣고 있을 수가 없어서 텐트 안으로 돌아와 다시 잠을 청했다.

여행을 다녀오고 나서 6개월이 채 안 되었을 무렵 그들이 헤어졌다는 소식을 들었다. 나도 모르게 탄식이 나왔다. "네가 좋으면 됐어"라는 말은 사실 "나는 네가 이러는 것이 싫어. 하지만 내가 너를 좋아하니까 네가 좋다면 그것으로 됐어"라는 의미가 아니었을까. 그렇게 참다가 결국엔 상대를 견뎌줄 사랑마저 고갈되어버린 건지도 모른다. 한쪽에서는 일방적으로 자기 마음대로 하는데 왜 다른 한쪽에서는 평생 기쁜 마음으로 봉사만 해야 하는가?

어느 날 휴대 전화가 고장 나 애플 AS센터를 찾았다. 때마침 그곳에서는 10대로 보이는 한 소녀와 그 엄마가 실랑이를 벌이고 있었다. 소녀가 눈물까지 흘리며 새로 나온 노트북 컴퓨터를 사달라고 떼를 쓰는 중이었다. 엄마는 딸을 달랬다.

"게임을 하기 위해서라면 집에도 컴퓨터가 있잖니?"

"내 친구들은 다 애플 컴퓨터를 가지고 있단 말이야. 엄마는 내가 인생의 출발선에서부터 뒤처지기를 바라는 거야? 친구들에게 놀림을 당하면 마음에 상처를 입게 될 거야!"

나는 소녀를 다시 보았다. 그녀가 눈물을 닦으면서 하는 말은 요즘 널리 퍼진 세태를 그대로 드러내고 있었다. 원망하는 이유도 너무도 확실하고 당당했다. 소녀의 엄마는 얼굴이 빨개졌다. 사람 많은 데서 이러지도 저러지도 못하고 있다가 결국에는 직원에게 우물쭈물하며 가격을 물어보았다. 그러나 예산을 훨씬 초과했는지 금세 뒷걸음쳤다.

소녀는 더 울지 않고 엄마가 붙잡은 소맷부리를 뿌리치더니 멀찍이 떨어져 한쪽 구석에 골이 난 얼굴로 앉았다. 소녀의 엄마는 난처해 어쩔 줄 몰라 하며 멍하니 서 있다가 결국 딸의 성화에 못 이겨 새 노트북 컴퓨터를 사주었다.

소녀는 뛸 듯이 기뻐하며 컴퓨터를 품에 안았다. 엄마 쪽은 쳐다보지도 않으면서 성의 없게 "고마워 엄마!"라고 인사했다.

소녀의 엄마가 내 앞을 스쳐 갈 때 나는 그녀가 내뱉은 한숨 소리를 들었다. 딸에게 하는 말인지 자신에게 하는 말인지 모를 한마디도.

"네가 좋아하면 됐다."

상점을 나서고도 마음에 걸린 나는 고개를 돌려 그녀를 바라보았다. 늙어 보이는 얼굴에 풀 죽은 눈빛을 한 그녀의 미간에는 무력함이 가득했다. 그녀의 "네가 좋아하면 됐다"라는 말은 사실 "나는 기분이 좋지 않지만 네가 좋아하기를 바란다"라는 말처럼 들렸다. 그 심오한 의미를 그 소녀가 얼마쯤 뒤에 깨닫게 될지 모르겠다.

몇 년 동안 알고 지낸 사업가가 있다. 그녀는 온화한 성품과 원만한 대인 관계 덕에 주변 사람들에게 좋은 평가를 받았다.

그녀는 이야기할 때 "당신이 좋아하면 된 겁니다"라는 말을 가장 많이 한다. 상대가 아무리 무례하게 굴어도, 대화 분위기가 아무리 차갑게 굳어도 그녀는 이런 말로 분위기를 바꿨다.

이 말을 할 때 언제나 부드러운 말투와 온화한 표정을 지었으며, 진심이 묻어나는 미소를 띠었다. 말을 마치고 나서는 곧바로 이어서 말하지 않고 몇 초간 말을 멈췄다. 그러고 나면 상대가 만족하며, 자연스럽게 새로운 화제로 넘어갔다. 화기애애한 분위기를 이어주는 데 이 한마디는 언제나 효과적이었다.

어느 날 그녀와 술자리를 가졌다. 어느 정도 취기가 올랐을 때 나는 궁금증을 참지 못하고 질문했다.

"그 말을 할 때마다 어떤 생각이 들어요?"

그녀는 큰 소리로 웃더니 길고 가느다란 손가락을 뻗어 내 얼굴을 거의 찌를 기세로 가리키며 말했다.

"그것도 모르다니 바보군요. 그 말에 숨은 의미는 '당신이 기분이 좋든 아니든 나와는 관계가 없어'라는 거예요."

나는 그제야 그 뜻을 알았다. 결국 "내가 알 바 아니다"라는 의미였던 것이다. 그토록 따뜻하게 들리는 말이 알고 보면 너무나도 차가운 말이었다. 내가 기분이 좋은지 아닌지 당신은 언급하지 않을 것이고 상관도 하지 않을 테니 말이다.

이는 또 다른 의미로도 읽힐 수 있다. 상대와의 관계를 빠르고 교묘하게 멀어지게 하되 예의 있는 말로 느껴지게 하는 것이다. 사이가 가까워지기는 이미 불가능하고 그렇다고 얼굴을 붉히고 따질 수도 없다. 상대방은 결국 속수무책으로 당하는 것이다. 그야말로 상대를 다치게 하지 않고 이기는 뛰어난 무공이다.

상대가 느끼지 못하는 방법을 써서 공략하는 것이 진짜 고수다. 흠잡을 데 없는 대화, 그 와중에 할 말은 하는 대화의 기술은 부드럽지만 강력한 필살기다.

기꺼이 속아줄 수 있는
사랑의 언어

어릴 때 가정 형편이 썩 좋지 않는데 나는 수박을 특히 좋아했다. 여름에 가장 더울 때는 수박을 먹지 못하면 울음을 터뜨렸다. 눈물을 뚝뚝 흘리는 모습이 가엾기 그지없었다.

그때 엄마가 나를 달래는 방법은 아주 간단했다. 값싼 오이에 설탕물을 찍어 먹이는 것이었다. 설탕물을 묻힌 오이를 한 입 먹어본 나는 그 맛이 마음에 들었는지 울지 않았다. 내가 수박을 찾을 때마다 이 방법은 효과가 있었다.

어른이 되고 나서 이 이야기를 들을 때마다 나는 엄마에게 바보 같다고 놀렸다. 아이들은 단순하니까 아무거나 쥐여주며 주의를 돌리면 되지 않느냐면서, 굳이 오이에 설탕물을 묻혀서 주는 번거로움을 자처할 필요가 있었느냐고 물었다.

엄마도 그 말에 웃음을 터뜨렸지만 이내 고개를 저었다.

"너는 내 딸인데 달래는 것도 정성을 들여야 하지 않겠니?"

외할머니가 엄마를 키울 때도 비슷한 일이 있었다.

엄마는 어릴 때 병아리를 좋아했다. 털이 보송보송한 것이 참 귀여워서다. 그런데 키우던 병아리가 어느 날 갑자기 죽어버렸다. 병아리가 죽었을 때 마침 엄마는 집에 없었고 외할머니가 그걸 발견하고는 땅에 묻어주었다.

집에 돌아온 엄마는 병아리가 안 보이자 외할머니에게 병아리가 어디 있느냐고 물었다. 외할머니는 "병아리가 옆집의 오리를 좋아해서 그 집에 시집보냈단다"라고 대답했다. 그 말을 들은 엄마는 당시 어렸지만 결혼이 경사스러운 일이라는 것은 알았기에 병아리가 좋은 짝을 만났다고 생각하며 기뻐했다.

그 일을 이야기할 때마다 엄마는 "나를 감쪽같이 속이신 걸 보면 네 외할머니 연기가 정말 일품이셨다"라고 덧붙였다.

"그때 외할머니가 병아리가 죽었다고 사실대로 말했으면 엄마는 어떻게 했을 것 같아요?"

나의 물음에 엄마는 잠시 생각하더니 발끝에 있는 강아지를 쓰다듬으며 대답했다.

"아마도 울고불고 난리가 났겠지. 그 뒤로 병아리를 볼 때마다 괴로워서 다시는 작은 동물을 키우지 못했을 것 같구나."

어느 날 액세서리 가게에 갔는데 연인 한 쌍이 액세서리를 고르는 것을 보았다. 여자는 그중 목걸이 하나를 보고 말했다.

"이거 예쁘다. 나 이거 사고 싶어."

그러더니 꼼짝도 하지 않고 그 목걸이만 바라보는 것이었다.

가게에는 점원이 한 명뿐이었고, 그 점원은 때마침 나에게 액세서리를 채워주는 중이었다. 남자가 이쪽으로 오더니 작은 목소리로 점원에게 목걸이 가격을 물었다. 가격을 들은 그는 주춤하며 난감해했다. 목걸이를 살 돈이 부족해 보였다.

하지만 남자는 오래 주저하지 않았다. 그는 점원에게 몇 마디 말을 건넸고, 점원은 뒤쪽에서 작은 반지를 꺼냈다. 남자는 그것을 샀다. 얼핏 보니 그 반지는 인조 다이아몬드에 도금한 것으로 값이 많이 나가지 않았다.

남자는 여자가 있는 쪽으로 가더니 갑자기 한쪽 무릎을 꿇고 반지를 머리 위로 올려 여자에게 내밀었다. 프러포즈였다. 나는 입을 틀어막았고 점원도 깜짝 놀란 얼굴로 그 장면을 지켜보았다. 여자는 기뻐 어찌할 바를 모르는 듯 보였다.

남자가 반지를 주면서 말했다.

"오늘은 내가 너를 위해 처음으로 반지를 샀어. 처음이 영원하길 바라는 마음에서 이 반지를 산 거야. 사랑해. 나와 결혼해줘!"

여자는 고개를 끄덕였고 남자는 그녀의 손가락에 반지를 끼워주었다. 두 사람은 껴안고 울기도 하고 웃기도 했다.

그들이 가고 나자 점원은 부러움과 질투가 섞인 표정으로 입을 삐죽거리며 말했다.

"저 남자 순발력이 보통이 아니네요. 돈이 없어서 목걸이를 못 사주는 상황인데도 여자를 기분 좋게 속였잖아요."

"그렇군요."

나는 웃었다.

"세상 여자들은 이런 달콤한 말에 기꺼이 속아주기도 하죠."

80세가 넘은 노부부가 있었다. 아내는 병이 깊어 임종이 멀지 않았다. 소식을 들은 우리는 급히 병원으로 문병을 갔다.

병원에 도착하니 부인은 거의 생의 마지막 순간을 맞고 있었다. 임종 직전 잠깐 의식이 또렷해졌는지 그녀는 병상을 지키는 남편의 손을 꼭 잡았다. 그러고는 떨리는 입술 사이로 흘러나오는 가느다란 목소리로 물었다.

"나 이제 죽는 거죠? 내가 죽으면 당신 혼자 어떻게 해요?"

그러더니 왈칵 눈물을 쏟았다. 남편은 그녀의 눈물을 닦아주며 말했다.

"울지 말아요. 어젯밤에 꿈에서 딸을 만났다오(부부의 딸은 몇 년 전 교통사고로 세상을 떠났다). 그 아이가 어리광을 부리며 엄마가 보고 싶다고, 어서 와서 자기를 보살펴달라고 했소."

부인의 눈이 반짝 빛났다.

"정말인가요?"

남편은 고개를 끄덕였다. 아내는 비로소 긴장을 풀고 미소를 띤 채 천천히 눈을 감았다.

"내가 그 아이를 평생 보살폈어요. 딸과 남편 중 한 사람을 선택하라면 딸을 보살펴야죠. 여보, 미안해요."

남편이 아내를 속이려고 이렇게 유치하고도 따뜻한 거짓말을 꾸며낸 것일까? 아니면 아내가 남편을 안심시키기 위해 믿는 척한 것일까? 그런 것은 이미 중요하지 않아 보였다.

우리는 '용심양고用心良苦'(매우 고심한다는 뜻. -역주)라는 말과 "입에 쓴 약이 몸에 좋다"라는 말을 자주 한다. 쓴맛은 인상을 찌푸리게 하고 온몸을 불편하게 한다. 이때 큰 무리가 없다면 달콤한 선의의 거짓말은 어떨까. 마다할 사람이 없을 것이다.

바꿔 말하면 일종의 낭만 같은 것이다. 직설적인 화법을 부드럽게 포장하고 비극적인 결말을 감동적인 이야기로 바꾸는 것. 얼굴을 붉히지 않으며 단순하고 언제나 온화하게 편안한 몸과 마음으로 대하는 것이다. 설사 모든 일의 결말이 정해졌다고 해도 최소한 상대가 느낄 슬픔을 덜어주고 위로해줄 수 있다.

지켜주고자 하는 마음과 희생, 이것은 깊은 사랑에서 비롯된 것이다. 감정은 적재적소에 표현하기가 쉽지 않다. 특히 달콤한

말을 하기는 더 어렵다. 약을 구하기도 어렵지만 약과 함께 삼킬
꿀을 구하기는 더 어렵다는 말이다. 그러므로 이를 소중히 여겨
야 한다.

❧

당신이 사랑한 사람,
당신을 사랑한 사람

츠위遲羽는 두려움을 모르는 여성이었다. 내가 츠위를 안 것
은 겨우 열여섯 살 남짓이었다. 자격증 취득 기준의 최저 연령을
막 지난 그녀는 외국에 나가 PADIProfessional Association of Diving
Instructors(스쿠버 다이빙 교육 회사.-역주)에서 주관하는 스쿠버 다이
빙 자격증을 따왔다. 그 후로도 그녀는 볼 때마다 새로운 종목에
도전하고 있었다. 번지점프, 스케이트보드, 스키보드, 카레이싱,
스카이서핑 등 종목도 다양했다.

새해가 되었을 때 나는 츠위가 가이드 일을 그만두고 패러글
라이딩 코치로 나섰다는 이야기를 그녀의 어머니에게서 들었다.
그런 것쯤이야 능히 예상할 수 있는 일이었다. 그녀가 야외에서

일하는 직업으로 바꾼 것만 해도 부지기수였다. 그런데 이번에는 그녀의 어머니가 딸을 한사코 말리고 싶다며 나와 엄마를 붙잡고 눈물, 콧물을 흘리며 호소하는 것이었다. 그 일이 위험하다는 데 어떻게 하느냐, 하늘을 난다는 것이 말이 되느냐는 것이었다.

나는 그녀의 어머니를 설득했다.

"하늘을 나는 일이야 늘 하던 거잖아요? 번지점프같이 무서운 일도 날마다 했고, 스케이트보드 경기를 할 때는 날아올랐다가 떨어지는 모습이 보는 사람마저 손에 땀을 쥐게 했었죠. 그래도 아무 탈 없이 경기를 마치고 상금까지 타왔잖아요?"

그녀의 어머니는 눈물을 훔치며 말했다.

"그거랑 어떻게 같니? 잠깐 공중으로 솟아올랐다가 금세 내려오는 것이 아니라 계속 공중에 떠 있다지 않니!"

"좋은 쪽으로 생각해보세요. 패러글라이딩을 가르치는 직업이 월급을 많이 받는대요."

"누가 저더러 돈 벌어 오라던?"

노부인은 눈을 부릅떴다.

"심신 건강에도 도움이 된답니다."

나는 머리를 짜내서 둘러댔다.

"높이 날아봤자 스모그밖에 더 마시겠니?"

부인이 냉소를 지으며 반격하는 통에 나는 할 말이 없었다. 이때 갑자기 머리를 스친 생각이 있었다. 이 방법이라면 무조건 통할 것이다.

"어머니, 패러글라이딩을 하는 사람들은 전부 젊고 잘생긴 남자들이라고 하더라고요."

노부인의 눈이 순간 빛났다.

"정말?"

나는 힘껏 고개를 끄덕였다. 노부인의 만족한 미소에 겨우 한숨 돌릴 수 있었다.

츠위는 전형적인 '골드 미스'다. 서른 살이 넘었는데도 아직 남자 친구 하나 만들지 못했다. 그녀의 어머니는 조급해하며 날마다 딸을 독촉했다. 언젠가 츠위는 어머니와 자신이 동경하는 미래에 대해 이야기를 나눈 적이 있었다.

"엄마, 나는 결혼하면 비행기 안에서 아이를 낳아 그 아이를 안고 함께 낙하산을 타고 내려올 거예요. 상상해 보세요. 드높은 창공과 넓은 바다, 높은 산들이 한눈에 들어오는 광경을요. 제 아이는 태어나자마자 넓은 시야와 식견을 갖게 될 거예요. 전 세계에서 그런 아이는 한 명밖에 없을 걸요!"

그날 이후 그녀의 어머니가 딸에게 결혼을 재촉했다는 소식은 들리지 않았다. 대신 우리에게 자주 넋두리하곤 했다.

"좋은 사람 있으면 우리 애한테 소개 좀 해줘. 저 애가 정말 비행기에서 아이를 낳기라도 하면 애 엄마야 죽든 살든 상관하지 말고 너희가 아이를 빼앗아 데려와야 한다."

어쨌든 나는 패러글라이딩 코치로 나선 츠위에게 이렇게 말했다.

"넌 참 좋은 직업을 가졌구나. 이렇게 좋은 데서 일하고 돈도 많이 벌고. 건강에도 좋잖아. 밤새 호화로운 파티나 즐기며 몸을 혹사하는 졸부들을 만날 일도 없고 말이야. 특히 멋진 남자들을 많이 만날 수 있다는 것이 얼마나 매력적이니. 너도 미모가 빠지진 않으니 〈타이타닉〉 장면이 부럽지 않겠다. 두 사람이 유유히 떠 있는 흰 구름과 푸른 산을 배경으로 우아하게 서로 기대고 너의 마음에서 자유롭게 비상하는 거야!"

내 반응 따위는 귀찮다는 듯이 무시하면서 츠위는 한쪽을 턱으로 가리켰다. 그 방향을 따라가니 반대편에서 이제 막 요금을 내고 츠위를 향해 밝게 웃으며 걸어오는 뚱뚱한 남자가 눈에 띄었다. 그저 살이 좀 찐 정도가 아니라 언뜻 봐도 175센티미터의 키에 100킬로그램은 족히 넘어 보였다. 걸을 때마다 온몸의 살덩어리가 출렁거렸다. 나도 모르게 싸늘하게 내뱉었다.

"저 남자 영락없는 쿵푸팬더인데…."

츠위가 무표정하게 대답했다.

"하늘로 올라가면 쿵푸가 아닌 그냥 팬더에 불과해."

그날은 나도 패러글라이딩을 즐겼다. 잘생긴 남자 코치와 파트너가 되어 20분 동안 활공했고, 이어서 츠위와 그 '쿵푸팬더'가 활공할 차례였다. 두 사람이 활공을 시작하자마자 츠위가 '그냥 팬더'라고 한 이유를 알게 됐다.

남자는 혼비백산하여 정신이 반쯤 나간 듯했다. 활공하는 내

내 "으악! 으악!" 하며 고래고래 소리를 질렀다. 우리는 공중에 하나의 거대한 고깃덩어리가 미친 듯이 떠는 모습을 보아야 했다. 5분 동안 비명을 질러대고서 빠른 속도로 땅에 착륙했는데, 그 모습은 추락이라고 해도 과언이 아니었다.

"요령을 기억해요! 근육이 가장 발달한 곳부터 착륙해야 해요! 착륙, 착륙하라고요! 착륙하라니까요!"

"쾅!"

둔탁한 소리와 함께 '팬더'가 떨어졌다. 두 사람은 광산 동굴을 뚫을 뻔했다. 그들은 마치 가까운 사이처럼 열 몇 바퀴를 바닥에서 함께 굴렀다. 츠위가 비틀거리며 겨우 일어났고 나는 재빨리 뛰어가 부축했다. 그녀는 힘들어하며 남자를 향해 말했다.

"내가 근육이 가장 발달한 부위로 착륙하라고 했잖아요?"

남자는 어수룩함과 수치심이 가득한 얼굴로 "아니… 나… 나는 몸 전체가 다 부드러워서… 도대체 어디를 말하는 건가요?"

나와 츠위는 답답한 나머지 이구동성으로 외쳤다.

"엉덩이!"

우리는 그 남자를 좋아하지 않았다. 그러나 그는 패러글라이딩의 매력에 완전히 빠져서 날마다 활공장을 찾았다. 그뿐 아니라 일부러 츠위를 코치로 지목했다. 뚱뚱한 자신은 날씬한 코치와 짝을 이루어야 전체적인 무게 균형이 맞아서 활공 시간을 더 늘릴 수 있다는 것이 이유였다.

나는 츠위를 위로했다.

"너만 찾으니 어떡하겠어. 네가 고객을 고를 수는 없잖아. 신이 날씬한 너에게 특별히 살찐 사람을 보내주셨다고 생각해."

츠위는 상당히 우울해했다.

"저 남자라면 개미와 함께 날아도 5분 이상 버티지 못할걸."

나는 그녀를 토닥여주었다.

"좋은 방향으로 생각해. 다른 사람은 20분이나 활공해야 버는 돈을 너는 단 5분 만에 버니 얼마나 근사한 일이니?"

츠위는 기분이 좀 풀어졌는지 나를 향해 주먹을 쥔 손을 흔들어 보였다.

뚱보가 멀리서 웃음 띤 얼굴로 '다다다' 뛰어오더니 천진난만하게 말했다.

"츠위 코치님! 상공에서 사진을 찍으려고 하는데 어떻게 해야 좋은 사진을 찍을 수 있을까요?"

마음에 들지는 않지만 츠위는 열심히 지도했다.

"앉은 자세에서 두 다리 사이에 카메라를 넣고 찍으세요. 그러면 각도가 가장 잘 나올 겁니다."

"아!"

뚱보가 갑자기 펄쩍 뛰어오르는 바람에 우리도 화들짝 놀랐다.

"알겠어요!"

그는 뭔가 깨달았다는 표정으로 크게 외쳤다.

"여자들이 오줌 누는 자세잖아요? 진작 그렇게 말했어야죠!"

주위의 모든 시선이 일제히 우리 쪽을 향했다.

잠시 정적이 흘렀고 츠위는 새빨개진 얼굴을 감쌌다.

패러글라이딩 활공장에서 츠위는 인복이 있는 편이었다. 뚱보
가 그녀에게 추태를 부리는 모습을 다들 목격해서인지 다음 날
치거七哥라는 남자 코치가 그를 대신 맡겠다고 나섰다. 츠위는
감지덕지하며 그 뚱보를 치거에게 넘겨버렸다.

뚱보는 탐탁잖아 하는 태도가 역력했으나 군소리 없이 받아들
였다. 그 후 매일 오후만 되면 활공장에 있는 모든 사람은 푸른
하늘과 흰 구름을 배경으로 뚱뚱한 남자가 괴이한 '오줌 누는' 자
세를 하고 다른 남자의 품 안에서 나란히 활공하며 비명을 지르
는 모습을 볼 수 있었다.

다행히 치거는 프로 정신이 투철하여 뚱보가 비명을 지를 때
마다 인내심을 가지고 부드러운 말로 요령을 알려주었다. 심지
어 뚱보의 손을 잡고 자세를 교정해주기도 했다. 차마 눈 뜨고
못 볼 만큼 '아름다운' 장면이었다.

"치거가 너한테 관심이 있는 것 같더라."

평소와 달리 츠위는 반박하지 않았으며 한참 동안 침묵을 지
켰다. 치거는 잘생기지는 않았으나 이목구비가 뚜렷하고 약간
검은 피부에 말이 별로 없었다. 야외에서 일하다 보니 피부가 검
게 그을린 것은 어쩔 수 없었지만 근육질의 탄탄한 몸매가 일품
이었다. 많은 여성이 그를 보자마자 군침을 흘릴 정도였다.

"드디어 골드 미스에게도 봄은 오는가!"

나는 만감이 교차했다. 츠위의 얼굴이 점점 빨개지는 것을 보며 속으로 쾌재를 불렀다가 마침내 참지 못하고 깔깔 웃었다. 드디어 이번에는 츠위 어머니의 걱정을 덜 수 있게 된 것이다.

그 이후에는 모든 것이 순조롭게 진행되었다. 두 사람은 가까워지는 데 한 달도 걸리지 않았다. 치거는 츠위와 함께 활공장 끝으로 달려가 한걸음에 뛰어내렸다. 낙하산이 펼쳐지는 순간 모든 산과 들판에는 우리의 휘파람 소리와 환호성으로 가득했다. 그 소리는 몇 초 후에 메아리로 돌아왔는데 마치 클라이맥스를 향해 치닫는 재즈 음악을 틀어놓은 것처럼 곳곳에 낭만적인 가락의 여운이 울려 퍼졌다.

츠위는 그때처럼 시간이 짧게 느껴진 적이 없었다며, 20여 분을 활공했음에도 20초처럼 느껴졌다고 했다. 나는 그것이 바로 아인슈타인의 상대성 이론이라고 너스레를 떨었다.

치거가 말했다.

"츠위. 이번 활공은 짧았지만 너무 아쉬워하지 마. 앞으로 함께 많은 곳을 가고 스카이다이빙도 할 수 있어. 그건 패러글라이딩보다 더 근사할 거야. 창공에서 함께 더 높고, 더 길게, 더 멀리 갈 수 있을 거야. 너와 함께 이 세상 끝까지 가겠어."

그는 츠위를 다정한 눈빛으로 응시했다. 츠위의 얼굴은 희열로 밝게 빛났다. 그것은 사랑받는 여인만이 지을 수 있는 아름다운 표정이었다.

나는 한쪽에서 열심히 박수를 쳤다. 츠위가 처음 그 일을 하려고 할 때 아이를 안고 스카이다이빙을 하겠다며 농담하던 일이 떠올랐다. 순간 나도 모르게 소름이 돋았다. 같은 직업의 남자와 결혼을 한다면 그 말이 현실이 될 가능성이 농후하기 때문이다.

그들의 사랑은 빠르게 진전되었다. 일하는 틈틈이 두 사람은 세계 여러 곳을 함께 다녔다. 티벳에서 사이클을 탔고, 에베레스트를 등반했으며 남극까지 다녀왔다. 이 계통에 종사하는 직업이 돈을 꽤 많이 번다고 생각하고 있을 때 두 사람이 미국에서 찍은 사진을 보내왔다.

예상대로 고공에서 스카이다이빙을 하는 사진이었다. 나이아가라 폭포의 장관을 배경으로 두 사람이 맞잡은 손이 클로즈업되어 있었다. 츠위의 손에는 틀림없이 치거가 줬을 것으로 짐작되는 반지가 끼워져 있었다. 벌써 프러포즈를 받다니 너무 속도가 빠른 것은 아닌가 싶기도 했다.

나는 그 사진을 츠위의 어머니에게 갖다 드렸다. 노부인은 한참을 들여다보더니 떨리는 손으로 사진을 받아들었다. 그러더니 눈물을 머금은 얼굴로 내게 물었다.

"설마 하늘 위에서 결혼하는 것은 아니겠지… 축의금은 어떻게 받으려고?"

츠위와 치거는 형식에 얽매이는 성격이 아니었다. 다른 사람의 눈을 의식할 리 없다. 그들에게는 창공을 비상하는 것과 자유로움만이 두 사람의 사랑의 기초이자 유일한 안식처였다.

나중에 나는 살던 도시로 돌아와 새로운 일을 시작했다. 회사일이 바쁜 관계로 츠위가 전화할 때마다 받지 못했다. 그런 일이 반복되면서 자연히 연락도 뜸해졌다.

그러다가 어느 해 여름 나는 동생과 함께 휴가를 떠나게 됐다. 문득 패러글라이딩이 떠올랐고 한동안 못 본 츠위도 보고 싶었다. 연락 없이 찾아가 놀라게 해줄 생각이었다.

반나절 동안 차를 운전해 활공장에 도착했을 때 그들이 그곳에 없다는 것을 알았다. 처음 나의 비행을 지도해준 코치에게 그들이 어디로 갔느냐고 묻자 뜻밖에도 두 사람이 일을 그만두었다는 대답이 돌아왔다.

나는 놀란 나머지 농담처럼 물었다.

"정말 두 사람 모두 스카이다이빙 코치로 나간 건 아니겠죠?"

코치는 숙련된 동작으로 나의 패러글라이딩 준비를 도왔다.

"아닙니다… 두 분은 평범한 생활을 하고 있답니다."

나는 믿을 수가 없었다.

"그럴 리가 없어요. 이런 운동을 하지 않는다면 차라리 죽는 게 낫다고 한 사람들이에요."

그가 내 몸을 뒤에서 밀면서 뛰었다. 익숙한 바람이 얼굴을 스치는 감각을 느끼며 전력을 다해 큰 보폭으로 앞을 향해 뛰었다.

날아오르는 그 순간, 그는 내 뒤에서 큰 소리로 외쳤다.

"죽음이 어떤 의미인지 아세요? 그건 절대로 죽고 싶지 않다
는 겁니다!"

창공을 선회하는 20분 동안 그는 내게 비통한 이야기를 들려
주었다. 츠위와 치거가 결혼한 이듬해, 여느 때와 같이 패러글라
이딩을 하다 사고가 났다는 것이다.

그날 오후는 모든 것이 정상이었다. 그런데 츠위 혼자서 막 비
행을 시작하는 찰나 갑자기 거센 기류가 몰아쳤다. 상당히 위험
한 돌발 상황이었다. 멀리 떨어져 있던 치거가 뛰어왔지만 이미
때는 늦었다. 몸이 가벼운 츠위는 이미 펼쳐진 낙하산을 따라 강
풍에 휩쓸려 공중으로 치솟았다. 늘 침착하던 그녀도 갑작스러
운 상황에 당황하여 어찌할 바를 모르고 비명을 질렀다. 모든 사
람들이 놀라서 얼어붙었다.

이때 아무도 예상하지 못한 일이 벌어졌다. 그 뚱보가 갑자기
뛰어 나간 것이다. 그는 전력을 다해 뛰어올라 츠위의 다리를 단
단히 붙잡았다. 아래쪽에 있는 사람들이 위험하다고 아무리 소
리쳐도 놓지 않았다.

강풍에 휩쓸려간 낙하산은 뚱보가 붙잡는 바람에 무게가 무거
워지면서 차츰 정상을 회복했다. 여기에 츠위가 침착함을 되찾
아 숙련된 솜씨로 조작하여 마침내 비행 자세를 회복하면서 조
금씩 고도를 낮췄다. 그러나 뚱보는 끝까지 버티지 못했다. 불과
땅과의 거리를 50미터 남겨놓고 그만 손에 힘이 풀리는 바람에

추락해버렸다.

몇 분 후 츠위가 안전하게 그의 옆에 착륙했다. 그러나 뚱보의 갈비뼈는 다 부러졌으며, 입에서는 붉은 피가 쏟아져 나왔다. 사람들이 그를 병원으로 옮겼으나 몇 분 만에 사망하고 말았다.

뚱보의 어머니가 소식을 듣고 급히 도착했을 때는 모든 것이 끝나고 난 다음이었다. 그녀는 중환자실 입구에서 츠위의 손을 꼭 붙잡고는 아무런 원망이나 분노도 내보이지 않고 하염없이 눈물만 흘렸다. 잠긴 목소리로 그녀에게 물었다.

"우리 아들이 당신을 붙잡고 있는 몇 분 동안 무슨 말을 했어요? 그게 그 아이의 유언이니 말해줘요."

츠위는 울면서 고개를 저었다.

"아주머니, 죄송합니다. 아드님의 마지막 말은 '츠위, 어서 내려갑시다'라는 한마디뿐이었어요."

나와 코치가 모래사장에 착륙할 때 나는 큰 대大자 모양으로 몸을 던졌다. 하도 심하게 몸을 던지는 바람에 핸드폰과 구두, 옷이 온통 모래투성이였다.

나는 고개를 들지 못하고 땅속에 묻힌 타조처럼 엉엉 울었다. 눈물과 모래로 범벅이 된 얼굴을 하고서.

그때 뚱보를 놀리며 "엉덩이 말이에요!"라고 외쳤던 생각을 떨칠 수가 없었다.

츠위를 다시 찾았을 때, 그녀는 한 회사 사무직으로 들어가 오전 9시에 출근하고 오후 5시에 퇴근하는 생활을 하고 있었다. 더 놀라운 것은 그녀가 임신했다는 사실이었다. 그녀와 포옹하고 살펴보니 안색이 나쁘지는 않은 것 같아 일단 마음이 놓였다.

"이 생활에는 익숙해졌니?"

나의 물음에 그녀가 미소를 지었다.

"그전에는 익숙해지지 않을 것 같았는데 하다 보니 이런 생활도 괜찮은 것 같아."

나는 임신으로 예민할 수도 있는 그녀의 심리 상태를 고려하여 뚱보의 이야기를 꺼내지 않았다. 함께 식사하고 계산을 한 다음, 우리는 통유리로 된 창가에 앉아 치거가 그녀를 데리러 올 때까지 기다렸다. 그녀가 느닷없이 입을 열었다.

"머리 위로 기류가 나를 휩쓸고 올라갔어. 사실 그건 내가 오랫동안 기대했던 어떤 느낌이었어. 1초 후에는 구속이 없는 자유를 만끽할 수 있었고. 엄마의 잔소리를 안 들어도 되고, 무료한 생활에서도 벗어나 계속 날아갈 수 있을 것 같았거든. 그런데 그 순간 내가 상상했던 것과 다르다는 걸 깨달았어. 나는 두려웠던 거야…. 죽기 싫고 떠나기 싫었어…. 아직 엄마한테 효도도 제대로 못했고 아기를 낳아 기르지도 못했고 치거와 백년해로도 해야 하는데….

그런데 뚱보가 나를 붙잡았지. 예전 같으면 뚱뚱하다고 놀렸을 텐데 그때는 그의 무거운 몸무게에 얼마나 의존했는지 몰라. 그가 내 다리를 죽어라 붙잡았고 우리는 마침내 천천히 하강했어. 나도 조금씩 안정을 되찾았고…. 마침내 지상과 점점 가까워졌지. 나는 그에게 거의 다 왔다고 외쳤어….”

그녀가 갑자기 말을 멈추더니 창 쪽으로 고개를 돌렸다. 그리고 입술을 꼭 다문 채 눈도 깜박이지 않고 창밖을 응시했다. 격앙된 감정을 추스르기 위해 노력하는 듯 그녀는 나와 눈을 마주치지 못했다.

나는 한마디도 할 수 없었다.

츠위의 어머니와 치거가 츠위를 데리러 왔다. 치거가 츠위를 부축하며 앞장서고 어머니는 내 귀에 대고 흐뭇하게 말했다.

“편안한 날을 보내게 되었으니 이제 난 죽어도 편히 눈을 감을 것 같구나.”

그녀의 주름진 얼굴에 진정으로 안심하는 미소가 드러났다. 아주 만족하는 듯했다.

그날 저녁 나는 족발을 네 접시나 먹었다. 얼굴은 온통 기름투성이였다. 츠위는 나에게 손을 씻으라고 성화였다. 손을 씻은 다음 그녀에게 핸드크림이 어디 있냐고 물었다. 츠위는 침실 머리맡 서랍 안에 있다며 직접 꺼내라고 했다.

핸드크림을 찾다가 그 옆에 놓인 구형 휴대폰이 눈에 띄었다. 눈에 익은 휴대폰이었다. 생각해보니 그것은 뚱보가 ‘오줌 누는 자세’를 취할 때마다 사진을 찍던 휴대폰이었다. 휴대폰에는 비밀번호가 설정되지 않아서 열자마자 사진 앨범이 나타났다. 풍경 사진은 한 장도 들어있지 않았다. 하나같이 츠위와 상공에서 함께 찍은 사진들이었다. 한참을 멍하니 있던 나는 꼭 쥐고 있던 휴대폰의 뜨거운 열기가 전해지자 그제야 정신을 차렸다.

대부분 사람들이 하늘에서 더 많은 풍경 사진을 찍고자 한다. 그러나 뚱보의 카메라는 외부를 향한 것이 아니라 자신을 향하고 있었다. 더 정확히 말하면 그는 자기 뒤에서 비행하고 있는 츠위의 사진을 찍어둔 것이다. 그녀가 고개를 숙이고 있는 것으로 보아 그의 동작에 주의를 기울이지 않은 듯했다. 마치 그녀가 한 번도 그의 마음을 제대로 들여다보지 않았던 것처럼.

우리가 처음 만났을 때의 농담은 빗나간 것이 아니었다. 뚱보는 확실히 '쿵푸팬더'였다. 평생 단 한 번의 필살기를 사용하여 자신이 가장 구하고 싶은 사람을 구한 것이다. 사랑은 그토록 무거운 동시에 먼지처럼 가볍다. 그 사랑은 마지막 한마디가 되어 전해졌다.

"츠위, 어서 내려갑시다."

그의 낭랑한 목소리가 들리는 듯했다.

고개를 들어 거실 쪽을 바라보았다. 츠위는 소파에 앉아 치거의 어깨에 기대 웃으면서 남산만 한 배를 가볍게 문지르고 있었다. 노부인은 그 옆에서 과일을 깎으며 치거와 낮은 목소리로 이야기를 나누고 있었다. 램프의 따뜻한 불빛이 그들을 비춰주며 온화한 그림자를 만들어내고 있었다. 이것이 뚱보가 보고 싶었던 장면이었을 거라고 나는 생각했다.

우리는 높은 상공에서 바람에 머리를 헝클어뜨리면서도 돌아오는 길을 찾지 못했다. 그러나 마침내 그 사람이 그 무겁고도 완고한 부담을 자처하여 자신은 떨어지고 너를 돌아가게 했다. 백조가 제비와 참새로 변하여 경쾌한 날개를 접어 세상에 발을 딛고, 이때부터 안심하는 바보가 되기를 배웠다.

어떤 것이 행복일까? 사랑하는 친구여.
당신이 사랑하는 사람은 세상 끝까지 날아가고
당신을 사랑하는 사람은 당신이 집에 돌아오기를 기다린다.

제3장

관계의
디딤돌을
마련하는 시간

쓰임새가 존재 의미를
규정한다

대부분 사람들은 서양 사람들이 커피에 관해 많이 안다고 생각한다. 하지만 중국 하이난海南 섬의 순박한 사람들이 커피에 일가견이 있다는 사실은 모른다.

하이난 섬에 출장 갔을 때 한 카페에 들렀다. 보통 휴가나 출장으로 갈 때면 주로 과일이나 해산물을 찾아 먹었는데, 차분히 앉아 커피를 마신 것은 그때가 처음이었다.

메뉴판을 펼쳐 들고는 그만 어리둥절해졌다. 맨 위에 '꺼삐어우歌碧歐'와 '꺼삐나이歌碧奶'가 적혀 있었는데, 도무지 뭘 지칭하는지 알 수 없었다. 종업원에게 물어보니 '꺼삐歌碧'는 하이난 방언으로, 커피라고 했다. 위에 '꺼삐어우'는 블랙커피로, 설탕을 넣어 마셔도 되고 쓸쓸한 맛이 꼭 아메리카노와 유사하다고 했다. '꺼뻬나이'는 커피에 우유나 연유를 넣은 것으로, 라떼와 비슷하며 달콤하고 부드러운 맛과 향 때문에 여자들이 좋아한다고 했다. 나는 호기심이 발동하여 종업원이 말해준 발음을 몇 번이나 따라 했으나 어색함은 가시지 않았다.

종업원은 과거 바다를 통해 외국에 나간 중국 사람들이 인도의 커피와 종자를 고향에 가져왔는데, 그중 하이난이 중국 전역에서 가장 먼저 커피를 접했다고 알려주었다. 또 하이난 사람들은 아침에 해가 들어오는 발코니에 앉아 여유롭게 '꺼뻬' 한잔을 마시고 정식으로 하루를 시작한다고 했다.

"사실 여기는 집마다 커피나무가 있답니다. 밭 사이에 몇 그루씩 심어놓고 벼와 함께 햇볕에 말렸다가 볶아서 마시면 되니 아주 간단해요. 저희 집도 있고요."

종업원은 웃으며 자신을 가리켰다. 동북 지방에서 태어나 베이징에서 자란 나는 처음 듣는 이야기에 갑자기 흥미가 일었다. 게다가 커피콩 볶는 곳이 멀지 않은 곳에 있다는 말에 한번 가보기로 했다.

커피가 들어온 과정이 소박해서인지 이곳 커피는 우리가 생각하는 격조 높은 커피와 거리가 있었다. 커피콩을 볶는 기술자들은 뜨거운 태양 아래서 땀을 비 오듯 흘렸다. 커다랗고 투박한 쇠솥에 커피콩을 담고 볶자 툭툭 소리가 났다. 그 모습은 마치 거리에서 파는 설탕 묻힌 밤처럼 소박하기 짝이 없었다. 어디선가 커피를 볶을 때 쇠기름을 넣는다고 들었는데 이곳에서는 양기름을 넣는 것이 달랐다. 어쨌든 기름을 넣는 커피 로스팅 전통 공법을 따르고 있었다.

볶는 과정을 다 보고 나서 커피콩을 가는 과정을 지켜보았다. 전자동 커피 기계 같은 것은 아예 없었다. 마을 아가씨들은 낡은 쇠 항아리를 가져다 끓는 물을 붓더니 얇은 천에 그것들을 받쳐 숙련된 솜씨로 짰다. '꺼삐'가 만들어졌다. 이것을 다시 커피 찌꺼기가 잔뜩 낀 울퉁불퉁한 쇠 주전자에 넣었다.

테이블에 놓인 주전자 안에 연유를 조금 넣고 각자 컵에 따른 다음 한 모금씩 마셨다. 유명 브랜드 커피와는 다른 독특한 맛이 혀끝에 감돌았다. 별로 쓰지 않았으며 오히려 맛이 투박하고 진했다. 향마저 독특했다. 나는 오래된 쇼파에 기대앉아 느긋하게 즐겼다. '웅웅' 하고 선풍기 소리가 들려왔다. 한 모금 한 모금 마시다 보니 어느새 주전자에 가득 담겼던 '꺼삐'를 다 마셔버렸다. 오후에 마시는 이런 커피는 뜻밖의 풍미를 전해주었다. 몸과 마음이 내면 깊이 젖어들며 편안해졌다.

시간이 지나면서 자세히 살펴보니 하이난 섬의 일상에 커피가 깊이 파고들었음을 느낄 수 있었다. 이른 아침 고기잡이를 나갔다가 돌아온 어부나 이제 막 논에 들어가려 채비하는 농부, 백발이 성성하고 가무잡잡한 얼굴의 노인들…. 모두가 거리 곳곳에 있는 작은 카페에 옹기종기 앉아서 뜨거운 '꺼삐'를 즐겼다. 마치 동북 산간 지방 사람들이 큰 사발에 차를 마시는 것과 같았다. 격식은 찾아볼 수 없었고 자연스럽고 편안해 보였다. 그들은 거침없이 커피 잔을 비우고 나면 또 따라서 마셨다.

떠들썩한 카페의 분위기는 우아한 분위기의 '스타벅스' 같은 브랜드 카페와는 사뭇 달랐다. 사람들은 왁자지껄 큰 소리로 대화하거나 껄껄 웃기도 했다. 일에 관해 얘기하는 사람은 없었으며, 대부분 옆집의 소문, 복권, 아이들 이야기를 화제로 삼았다. 이곳이 정말 커피를 마시는 곳인지, 아침 식사로 두유와 꽈배기를 파는 가게인지, 아니면 마라탕이나 고기를 구워 파는 길거리 음식점인지 구별이 되지 않았다.

이토록 소박한 곳에서 커피는 사치스러운 모든 포장을 벗어버렸다. 하이난 사람들에게 커피는 야자 한 개, 생선국 한 그릇, 냉수 한 사발과 다를 게 없었다. 그저 마시고 싶을 때 마시고 버리고 싶으면 버리는, 귀하게 여길 필요가 없는 평범한 대중 음료에 불과했다.

나는 이렇게 소박한 커피 문화를 점점 사랑하게 되었다. 어쩌면 이것은 문화라고 부를 필요도 없을지 모른다. 본래 사물이 가진 효용에 충실한 것이니까. 쾌적한 생활 습관을 되찾은 데 불과하달까. 루이비통 가방에 쌀을 담고 에르메스 컵에 간장을 담는다면 어떤 사람들은 명품의 명성에 먹칠한 격이라고 손가락질할 것이다. 하지만 어떤 사람들에게는 물건의 효용에 충실하고, 사람을 근본으로 삼은 일일 뿐이다. 하이난의 커피 역시 그렇다.

몇 년 전에 한 평화유지부대를 탐방할 기회가 있었다. 당시 부대에 있던 군인 한 명이 아이티에 파병 갔던 이야기를 해주었다.

당번 근무를 마치고 숙소에 돌아온 군인들은 너무 피곤했다. 식탁에 앉았으나 밥을 갖다 먹을 기운도 없었다. 이때 정치위원이 급히 뛰어오더니 밥주걱을 들고 밥을 담아주었다고 했다. 부족하면 더 갖다 주었다고도 했다.

나는 이해가 가지 않았다. 정치위원은 아이티 주재 부대의 총지휘관이다. 부대 안에서 전략을 세우고 군대를 총지휘하고 유엔 사무총장과 안보 문제를 논의하는 사람이다. 아이티 대통령과 왕래할 정도로 지위가 높다. 그런 사람이 밥주걱을 들고 한 사람 한 사람에게 밥을 퍼주는 장면은 따뜻하기는 하나 지위에 걸맞지 않은 행동처럼 보였다.

그는 고개를 가로저으며 내 생각에 반박했다. 지휘관일수록 필요한 순간에 나서는 존재가 되어야 한다는 것이다. 군인들은 늘 위험하고 고생스러운 환경에 처한다. 보초를 설 때는 보루가 되고 순찰을 돌 때는 한 자루 총이 된다. 말썽을 부리는 자를 대할 때는 동요하지 않는 돌이 되고 캄캄한 장갑차 안에서 차가운 빵을 씹어 먹을 때는 자신도 차가운 빵 덩어리로 변해야 한다.

이런 상황에서 최우선은 어떠한 영예나 책임도 아니다. '사람을 사람으로 대하는 것'이다. 전우가 사고를 당할까 봐 걱정하고 사상자의 발생을 우려하는 것, 서로 격려하고 당부할 때도 안전에 주의하라고 말하는 것이 이 때문이다. 가장 바라는 것은 전우들이 숙소에 무사히 돌아오는 것이다. 정치위원 역시 그런 마음으로 병사들에게 따뜻한 밥을 퍼준 것이다. 그 덕분에 군인들도 그제야 비로소 자신이 사람인 것 같고 활기를 되찾을 수 있었다고 했다.

그는 단체로 당직 근무를 서다가 만난 흑인 아이 이야기도 해주었다.

아이는 누구와 싸웠는지 다리에 큰 상처가 나 있었다. 얼마나 심하게 다쳤는지 피가 살에 엉겨 있었다. 아이티에서 이런 장면은 흔했다. 사적으로 처벌하는 것이 만연한 곳이다 보니 범죄자를 사형하거나 좀도둑에게 처벌을 내리는 일도 자주 벌어졌다. 먹을 것이나 사소한 말 한마디로도 싸움이 일어나며 심지어 총격 사건도 잦았다.

주변에 있던 건물 벽에는 총구멍이 촘촘히 나 있었다. 통역해주던 군인은 다른 군인들에게 그 아이에게 상관하지 말라고 충고했다. 순찰하는 도중 장갑차에서 내리는 것은 매우 위험하기 때문이다. 과거에도 외국 주둔군 군인들이 차에서 내렸다가 유탄에 맞아 목숨을 잃었다고 했다. 그 책임을 어디에 물어야 하는

지도 모르는 상황이라고 했다.

무엇보다 당장 약품 운송 임무가 시급했다. 병사들에게 급히 필요한 약들이었다. 그럼에도 불구하고 병사 몇 명은 차에서 내려 그 약으로 아이의 상처를 치료해주었다. 아이는 고맙다는 말도 없이 경계의 눈초리로 그들을 바라보았다. 상처를 싸매주자 절룩거리며 달아나버렸다.

통역하던 군인이 말했다.

"저 아이가 고마워하지도 않을 거라고 말하지 않았습니까? 이곳에서 이런 약은 금값인데 비싼 약을 낭비해버렸습니다."

그중 한 군인이 말했다.

"낭비한 것이 아닙니다. 약은 원래 사람에게 쓰라고 있는 겁니다. 우리에게 쓰나 저 아이에게 쓰나 다를 것이 없습니다. 게다가 지금 아이의 상황이 우리보다 급하지 않습니까? 상처를 치료하는 일이야말로 약품의 가장 큰 가치를 구현하는 겁니다."

이 세상에는 물건이든 사람이든 실제보다 과장된 부분이 있다. 흔히 우리는 명품에 눈길을 주고 고급 레스토랑 음식에 이끌린다. 구하기 어려운 음악회의 좋은 좌석표를 손에 넣는 순간, 비싼 가격이 주는 우쭐함, 소유에서 오는 허영심과 만족감을 느낀다.

본래의 의미와 효용에 주의를 기울이는 사람이 점점 줄어들고 있다. 옷은 입으라고 있는 것이고 음식은 먹으라고 있는 것이다.

음악회는 듣는 것이 목적이다. 이 모든 것이 과시하는 목적으로만 쓰인다면 본래의 의미를 거스르는 것이며, 만든 이의 본뜻을 저버리는 행위다.

사람은 자신의 지위와 신분, 체면만 중시해서는 안 된다. 아무리 대단한 영예도 착실한 행동이 뒤따르지 않으면 인정받거나 존중받을 수 없다. 아무리 직함이 길어도 마지막은 자신의 이름으로 끝난다. 모든 사물은 그 효용을 다하는 것에 집중하고 사람은 매 순간 진실해야 성공할 수 있다.

세상에서 제일가는 부자가 높은 신분을 얻고 명예를 얻을지라도 이런 것들이 존재하는 의미는 아니다. 집에 돌아와 부모님의 '응답기'가 되어드리고 자녀의 '뜀틀'과 '팔베개'로 변신하며, 배우자의 '요리사'와 '식기세척기'가 되어주고, 반려동물의 용변을 치워주면 어떤가. 오히려 이것이 사람의 본분이며 현실적으로 행복해지는 방법이고 인간 본래의 가치를 구현하는 길이다.

성공하고 싶다면 먼저 인간이 되어라. 어쩌면 이것이야말로 하이난 커피에 담긴 진리일 것이다.

"커피로 음미하는 것은 인생이다."

이 말은 더 이상 과한 감상이 아닌, 현실 속에서 느끼는 심오한 이치다.

타인에게 좋은 영향을
끼칠 의무

한 토크 쇼에 유명 연예인 한 명이 나와 눈물을 머금고 진행자에게 자신의 마음을 털어놓는 걸 보았다.

"나는 자유롭게 나 자신을 찾고 싶어요."

엄마가 내 뒤쪽에서 걸어오다가 웃으며 한마디 하셨다.

"사람들은 저들의 꾸며낸 모습을 좋아하지. 아름답고 밝은 모습이 얼마나 보기 좋아? 하지만 정말 자기 본모습을 다 보여주면 엄마 아빠 말고 누가 봐주겠니?"

"그래도 보고 싶어 하는 사람이 있겠죠. 리얼리티 프로그램이 그래서 유행하는 거잖아요?"

내가 반박하자 엄마는 고개를 저으며 말했다.

"내가 말하는 본모습은 방송에 나와 트림을 하고 말다툼을 하

거나 술을 마시고 엉엉 우는 모습이 아니란다. 그건 기껏해야 일
상적인 모습이잖니. 또 미리 편집도 했고. 그것이 인간 본래의
모습은 아니지."

"그럼 어떤 것이 본모습인데요?"

나의 물음에 엄마는 잠시 생각에 잠겼다.

"본래의 모습은 방송에 나올 수 없는 모습, 말로 표현하기 어
려운 모습이겠지."

사적이고 당혹스러운 장면들이 생각나면서 엄마의 말에 반박
할 수 없었다. 나도 모르게 회심의 미소를 지었다.

이런 이야기를 읽은 적이 있다.

민국民國 시기(신해혁명 이후 1912년부터 1949년까지 중국이 근대 민
주 국가로 존재했던 시기.-역주)에 중국 전통극에 능한 명배우가 있
었다. 아름다운 목소리와 멋진 몸매를 가진 덕분에 그 배우는 무
대에 오를 때마다 많은 사람의 갈채를 받았다.

그러나 그에게는 이상한 버릇이 있었다. 무대에 오를 때마다
민낯을 알아볼 수 없을 정도로 짙게 화장하는 것이었다. 공연이
끝나면 다른 사람과 어울리지 않고 화장도 지우지 않은 채 인력
거를 타고 바로 집으로 돌아갔다. 그는 늦은 밤 집에서 화장을
지웠기 때문에 그의 민낯을 본 사람은 없었다. 그야말로 신비한

존재였다.

한 부자 상인이 그의 공연을 보고 팬이 되었다. 그래서 몇 번이나 만나기를 청했지만 그는 매번 거절했다. 상인은 그가 거만하다고 생각했지만 꼭 만나고 싶어 많은 돈을 보냈다. 그러나 이번에도 여지없이 거절을 당했다.

상인은 화가 나서 무슨 수를 써서라도 그의 얼굴을 보고야 말겠다고 맹세했다. 방법을 찾던 중 그의 집을 알아냈고 몰래 집 안으로 잠입했다.

그날 밤 그는 여느 날과 다름없이 집에서 화장을 지웠다. 때마침 문소리가 들렸고, 습관적으로 고개를 돌렸다. 거기엔 상인이 서 있었다. 상인은 온통 흉터로 뒤덮인 그의 얼굴을 보았다. 짙은 자주색 흉터가 두드러진 얼굴은 그야말로 공포를 자아냈다. 상인은 너무 놀라 비명을 질렀다. 다리의 힘이 풀려 바닥에 주저앉을 뻔했다.

그가 상인에게 다가가 부축했다. 상인은 부들부들 떨면서 그를 똑바로 바라보지 못했다. 그는 한숨을 쉬며 말했다.

"놀라게 해드렸군요. 정말 죄송합니다. 예전에 동료가 저를 질투하여 얼굴에 심한 상처를 냈답니다."

상인은 자리에 앉았다. 그가 위로의 말을 건네자 상인은 놀란 마음을 진정하고 말했다.

"전 그저 배우님을 좋아한 것뿐입니다. 그래서 친구가 되고 싶었어요. 이번 일은 절대 발설하지 않겠습니다."

그가 대답했다.

"선생님의 마음은 이미 알고 있었습니다. 그러나 민낯을 보여 드리지 않은 것은 제 명성을 보호하기 위한 것도 있지만 선생님의 마음속에 있는 제 배역에 대한 환상을 깨뜨리고 싶지 않았기 때문입니다. 그런데 이렇게 놀라게 해드려 죄송할 따름입니다."

"왜 담담하게 받아들이지 않으십니까? 연기를 그렇게 잘하시니 사람들이 진상을 알더라도 공격하거나 모욕하지 않을 것입니다. 더 연민을 느끼고 존경할 겁니다."

"관객들이 예의상 너그럽게 받아들이실 수도 있지요. 하지만 그에 못지않게 관객들이 편안한 마음으로 저를 바라볼 수 있도록 화장하는 것 또한 제가 지켜야 할 예절이라고 생각합니다. 직업상 필요해서가 아니라 스스로 지키는 규칙입니다. 거리낌 없이 다니면 사람들이 놀라지 않겠습니까? 그것이야말로 가장 곤혹스럽고 거북한 행동이겠지요."

상인은 집으로 돌아와 집안사람들에게 그를 칭찬했다.

"자신의 불행한 처지를 이용해 동정을 사지 않겠다는 사람이네. 천지를 품고도 말로 드러내지 않으니 진정한 군자인 게지."

업계에서 이름이 알려진 지인 한 명이 있는데 사람들 사이에서 평판이 좋지 않았다. 그 원인을 분석해보니 그가 지나치게 '솔직한' 탓이었다.

가령 모임에서 누군가 재미있는 이야기를 하여 모두 웃으면 그는 "그건 작년에 유행했던 말이잖아? 하나도 안 웃기네"라고 말하며 찬물을 끼얹었다. 아들을 애지중지하는 부부에게는 "아이고! 아드님이 어떻게 엄마 아빠를 하나도 안 닮았네요"라고 말하고, 식당 주인이 요리를 내오면 "전 고수를 제일 싫어합니다"라고 말했다. 거기다가 한 젓가락을 먹고는 "너무 짜서 맛이 없네요"라고 덧붙였다.

친구가 SNS에 사진을 올리면 "포토샵이 너무 과하군. 옆에 있는 돌 모양이 다 뭉개졌잖아. 하하하!"라고 댓글을 남겼다. 승진하지 못한 동료에게 위로 대신 "넌 능력이 부족하고 기술도 다른 사람보다 뒤떨어지잖아"라고 말했다. 여자 친구와 쇼핑하던 중에 그녀가 코트를 입어보고 치수가 맞지 않아 사지 않겠다고 말하자 "웃기지 마. 어차피 돈이 없어서 못 사잖아"라고 말했다.

우리는 그에게 말을 좀 가려서 하는 게 어떻겠냐고 충고했다. 그러자 그가 대답했다.

"내 마음대로 사는 게 뭐가 문제지? 생각하는 것을 말하고 하고 싶은 일을 하는 거잖아. 진실하게 행동하는 나는 싫고 거짓을 늘어놓는 소인배만 좋다는 거니?"

우리는 한동안 침묵했다. 그때 연륜이 쌓인 한 언니가 입을 열었다.

"소인배가 내 마음을 편안하게 하고 군자가 내 마음을 불편하게 한다면, 나는 소인배를 택할 거야."

사람들과의 관계에서는 '자신'이 가장 중요하지 않은 존재인 경우가 많다. 그는 이 사실을 몰랐던 듯하다. 중요한 것은 갈등의 해결이며 이익의 분배, 주변 사람의 태도, 그리고 정감 있는 소통이다. 또한 '앞으로 계속 당신을 만나고 싶은지 여부'이다.

우리는 아침저녁으로 만날 필요도 없고 영원히 함께 지내지도 못한다. 우연히 만나서 알게 되었다가 서로 통하는 것이 있으면 가까워진다. 짧은 시간이지만 함께 지내며 문제를 처리하고 따뜻한 감정을 나누면 된다. 무엇 때문에 '진실'이라는 이름으로 분위기를 그렇게 무겁게 몰아가야 할까?

⁕

한동안 인터넷을 뜨겁게 달구던 화제가 있었다. 부모는 어린 자녀가 못 알아듣는다고 생각하고 말하지만 사실은 자녀가 다 알아듣고 성인이 되어서도 그 말을 기억한다는 것이다.

게시판에는 자녀들이 기억하는 말에 관해 많은 댓글이 달렸다. 부모가 제삼자와 나눈 애정 어린 말, 아이를 학대하는 말. 친구를 험담한 이야기 등…. 아이들의 기억력과 이해력이 그토록 조숙하고 깊다는 사실에 놀랐다.

어른들은 자신들의 세계를 아이들이 이해하지 못한다고 여겨 아이 앞에서 함부로 자신을 드러낸다. 그 결과 지울 수 없는 '흑역사'를 남긴다. 몇 년이 지나고 자신의 아이들이 그 말을 똑같이 한다면 체면은 땅에 떨어지고 난감함은 이루 말할 수 없다.

모든 부모는 자신의 아이가 성공한 인재는 못 되더라도 본받을 만한 사람이 되기를, 자신보다 좋은 사람이 되기를 바란다. 그러려면 부모가 아이에게 훌륭한 스승이자 좋은 친구가 되어주어야 한다. 그리고 늘 자신을 단속하며 선을 넘지 않아야 한다.

'집 안에서는 신경 쓸 필요가 없다'라고 생각하여 조금도 꾸미지 않은 자신을 드러내는 것은 기껏해야 또 하나의 위축된 자신을 만들어내는 것에 불과하다. 선을 넘은 채 흐트러진 것은 꾸밈없는 것과 다르며 '더 좋은' 것과도 거리가 멀다. 예의 바른 말투에 미소 짓는 얼굴, 단정하고 우아한 태도는 누구나 환영한다. 이는 '가식'이나 '허위'가 아니라 보통 사람이라면 상식적으로 갖춰야 할 덕목이자 규범이다.

우리는 스스로 작다고 생각하지만 이 세상에 없어서는 안 되는 존재다. 유명 인사만 세상을 이끄는 것이 아니다. 모든 사람이 타인에게 좋은 영향을 끼칠 의무가 있다. 때로는 가식적이라는 생각이 들더라도 최선을 다해 점잖고 예의 바르게 살아야 한다. 그리하여 당신 주변 사람들이 편안하고 민망해하지 않도록 해야 한다. 세상 밖에서 혼자 살 것이 아니라면 '이를 드러내고 손톱을 휘두르는' 모습을 사람들 앞에 굳이 내보일 필요가 없는 것이다.

그런 모습에 사람들은 마음속으로 다른 평가를 하고 거리를 유지하려 할 것이다. 누구라도 당신이 함부로 하는 것을 좋아할 사람은 없다. 그런 행동을 하기 전에 집에 돌아가 거울을 보고, 스스로 막 대하는 모습이 편안한지 살펴봐야 한다.

진정한 자신의 모습은 혼자만 있을 때 드러내도 충분하다. 자신을 용납할 수 있는 사람은 오로지 자신뿐이며, 자신을 용서할 수 있는 사람도 자신뿐이기 때문이다.

우리는 인정받을 때
더 빛난다

친구들과 그림 전시회에 갔다. 그림 값이 꽤 비싼 유명 화가의 전시회였다. 화가와 대화를 나눴는데, 그가 기분이 좋아졌는지 호기롭게 손을 흔들며 말했다.

"여러분에게 가장 싼값으로 줄 테니 골라보세요."

그 말에 갑자기 구미가 당긴 우리는 그림 한 점 한 점을 자세히 살펴보았다. 다른 많은 그림 전시회가 그러하듯 입구에 걸린 그림은 대부분 가격이 저렴했고 안으로 들어갈수록 가격이 비쌌다. 예술을 돈으로 환산할 수 없다고는 하지만 우리도 어쩔 수 없는 속물이었다. 너무 욕심을 드러내지 않으면서 헛걸음치지 않았다는 보람을 느낄 만한 그림이 어떤 것일까 열심히 골랐다. 마침내 가격이 적당한 작품 두 점을 골랐고, 흡족한 마음으로 계산했다. 문득 호기심이 발동한 나는 화가에게 물었다.

"이 갤러리에서 화백님이 가장 훌륭하다고 생각하는 그림은 무엇인가요?"

전시회는 이미 끝나서 사람들도 다 가고 없었다. 화가는 하던 일을 내려놓고 잠시 생각하더니 말했다.

"저를 따라오세요."

그는 화랑 입구로 우리를 데려갔다. 소화전 옆에 가장 작은 치수의 그림이 걸려 있었다. 자세히 들여다보지 않으면 지나치기 십상이었다. 그림은 가장 값싼 나무 액자로 표구되어 있었으며, 흰 나팔꽃 한 송이만 그려져 상당히 조촐해 보였다.

"바로 이 그림입니다."

우리는 깜짝 놀랐다. 그는 명성이 자자한 몇 사람의 이름을 대며 말했다.

"유명한 전문가들도 이 그림이 가장 영감을 주어서 영구 소장할 가치가 있다고 칭찬했답니다."

자세히 들여다보니 그림 값이 99위안(한화로 약 1만 7000원)이었다. 나는 하마터면 기절할 뻔했다. '이 화가의 그림 가격은 보통 다섯 자리가 넘어가지 않던가? 이 가격은 말도 안 되는 가격이 아닌가!'

"이렇게 저렴한가요? 다른 사람이 얼른 사갈까 봐 걱정되지 않으세요? 그럼 큰 손해를 볼 텐데요?"

그가 웃었다.

"이 가격은 돈 많은 수집가들에게는 아무것도 아니죠. 이렇게 싼 그림은 사봐야 귀찮기만 할 겁니다. 이 그림을 사는 사람이라면 그림의 진가를 알아보며, 진심으로 이 그림을 갖고 싶어 하는 사람들일 겁니다."

그는 그림을 떼어 품에 안으며 소중하게 액자를 쓰다듬었다.

"예술은 인연이 닿는 사람에게 가야 합니다. 그래야 서로 손해가 없죠."

얼마 전 회사에서 사람을 채용했다. 대학을 갓 졸업한 여학생이 인턴으로 들어왔다. 그녀는 작고 마른 체형에 말이 없었다.

사람들은 그녀에게 차나 물을 가져오는 심부름, 문서 복사 같은 잡다한 일만 시키고 중요한 일은 시키지 않았다. 그러나 그녀는 성격이 좋아서인지 매달 1000위안(한화로 약 17만 원)밖에 안 되는 월급을 받으면서도 아무런 원망을 하지 않았으며 주어진 일을 완벽히 해냈다. 6개월의 실습 기간이 끝난 뒤 안타깝게도 사장은 그녀를 정식 직원으로 채용할 의사가 없어 그녀는 회사를 떠나게 되었다.

얼마 지나지 않아 회사는 해외 프로젝트를 맡게 되었다. 협력 파트너는 이탈리아와 독일 회사로, 영어로 소통하기에는 한계가 있었다. 그러나 회사에는 이 두 언어를 구사할 줄 아는 직원이 한 명도 없었다. 장기 프로젝트이기 때문에 외부 통역사를 쓰면 비용이 많이 들 터였다. 회사에서는 아예 상주할 전문 통역사 두 명을 고용하려고 다방면으로 가격을 제시하며 알아보았다. 그러나 조건에 맞는 우수한 통역사들은 상당히 높은 연봉을 요구했다. 게다가 전문 지식까지 겸비해야 해서 적당한 사람을 찾기가 더 어려웠다. 이를 악물고 백방으로 사람을 구했으나 채용에 응하는 사람은 드물었다.

회의 중 사장이 탄식했다.

"여러분 중 적임자가 있다면 얼마나 좋겠어요?"

몇 분간 침묵이 흘렀다. 그때 인사부장이 입을 뗐다.

"이전에… 적합한 사람을 채용한 적이 있는 듯합니다."

"정말요? 그게 누구죠?"

사장이 흥분해서 물었다.

한참 동안 서류를 뒤진 끝에 인사부장이 서류철을 건넸다. 그 사람의 이름을 들었을 때 우리는 놀라서 순간 멍해졌다. 그 인재는 바로 인턴을 했던 작고 마른 여학생이었기 때문이다.

알고 보니 그녀는 명문 대학 출신으로 전공이 독일어였으며 부전공이 영어, 이탈리아어, 스페인어였다. 성적도 우수했다. 무엇보다 그녀가 대학원에서 전공한 것이 회사의 전문 분야여서 그 이상의 적임자는 없었다.

하지만 안타깝게도 회사에서는 눈에 잘 띄지 않는다는 이유로 그녀를 눈여겨보지 않았다. 그토록 우수한 조건을 갖춘 인재가 1000위안이란 박봉을 받으면서 6개월이나 묵묵히 차 심부름을 감내하리라고는 누구도 생각하지 못한 것이다.

그녀가 사회에 처음 진출한 탓에 자신을 잘 나타내는 데 익숙하지 못하거나 당시에는 다른 선택의 여지가 없었을 수 있다. 아니면 인사팀의 근무 태만이었을 수도 있다. 그러나 어쨌든 '연봉이 적고 우수한' 인재를 놓쳐버린 것만은 확실했다. 급히 전화해서 알아봤지만, 그녀는 이미 다른 회사에 좋은 직책으로 입사했다며 스카우트 제의를 완곡히 거절했다. 사장은 아쉬워 어쩔 줄을 몰랐다.

지난주에 한 젊은 여성 독자에게 편지를 받았다. 한 글자 한 글자 눈물로 쓴 내용이었다.

그녀는 큰 도시에서 태어났으며 부유한 가정에서 성장해 평탄한 삶을 살았다. 그러다가 대학에 다닐 때 가난한 집 출신의 남자를 사랑하게 되었다. 그 남자와 교제하면서 상대의 자존심을 다치게 할까 봐 염려되어 자신의 집안 사정을 숨겼다.

남자를 만날 때 자가용을 두고 버스를 이용했으며 몇십 위안짜리 싸구려 옷을 입었다. 화장을 하지 않고 향수도 뿌리지 않았으며 식사는 길거리 음식으로 대신했다. 또 집에서 주는 학비와 용돈을 마다하고 남자 친구와 함께 패스트푸드점에서 아르바이트를 했다. 접시를 닦고 바닥 청소를 했으며 얼마 안 되는 아르바이트비를 받으면서도 조금도 원망하지 않았다.

그러나 남자는 그녀와 결혼하기를 꺼리며 6~7년을 미뤘다. 그때마다 그녀에게 하는 말이 아직 직장을 못 구했으니 결혼할 수 없다는 것이었다. 그녀는 조급한 마음에 타오바오淘宝网(알리바바에서 운영하는 전자상거래 사이트.-역주)에서 가짜 보석 반지를 산 다음 남자에게 프러포즈를 했다. 자신은 아무것도 필요 없다고, 집도 필요 없으며 함께 고생할 각오가 되어 있다고 말했다. 그러나 그녀는 남자에게 보기 좋게 거절당했다.

그녀는 크게 상심하며 나에게 어떻게 하면 좋겠냐고 물었다.

나는 그녀에게 이렇게 답장을 썼다.

"당신은 고귀하게 빛나는 옷입니다. 이미 가장 낮은 가격을 제시했는데 그는 살 마음이 없군요. 이는 가격 문제가 아니라 구매하더라도 스스로 그 화려한 의상에 걸맞은 기품과 옷을 관리할 능력이 없다고 생각해서입니다. 시간이 흐르면 옷에는 먼지만 쌓이고 그는 더욱 고통스러울 것입니다.

이것은 사랑을 하고 안 하고의 문제가 아니라 자신감의 문제입니다. 남자는 싼 가격에 감춰진 진심을 간과하고 미래에 닥칠 수 있는 압박을 두려워하여 움츠러든 것입니다. 이것이 바로 당신이 그의 손을 놓아야 할 이유입니다."

서예를 잘 모르는 사람에게 잘 만들어진 옛 벼루가 하나 있다.

그런데 가격이 싸다는 이유로 그가 벼루를 함부로 고쳐 쓰면 어떻게 될까? 좋은 물건만 망치게 된다. 인쇄가 잘못되었다고 희귀 우표를 아무렇게나 봉투에 붙여 사용해버리는 것도 마찬가지다.

길가에 무성하게 핀 꽃은 입장료 없이 감상할 수 있지만 그 가치를 알아보는 사람은 많지 않다. 품질 좋은 물건은 반드시 가격만 가지고 승부를 보지는 않는다.

더 중요한 것은 서로 알아보고 선택하는 것이다. 가치를 경시하거나 제대로 알아보지 못해 지나쳐버리면서 스스로 자격지심을 갖는 사람들은 선택할 자격도 없다. 그건 그들의 운명이다.

자신의 가치에 터무니없이 높은 가격을 매겨서는 안 된다. 그렇다고 스스로 가치를 낮출 필요도 없다. 그런다고 해서 상대가 알아봐 주는 것 또한 아니니까. 가치를 제대로 알아봐 주는 백락 伯樂(중국 춘추전국시대의 사람으로, 뛰어난 말馬을 선별하던 감정가.-역주)을 찾되, 그런 안목과 박력 있는 사람을 만난다면 자신의 존재감을 보여줘야 한다. 아무에게나 자신의 가치를 알아봐달라고 하는 것보다 훨씬 낫다.

절망의 길모퉁이를
두려움 없이 돌아가는 법

2013년 6월 도나우 강에는 100년 만에 큰 홍수가 났다. 그 소식을 들었을때 나는 친구와 헝가리의 부다페스트에서 출발해 오스트리아의 잘츠부르크로 갈 계획이었다. 텔레비전 화면에 나온 잘츠부르크 거리는 배를 타고 다닐 정도로 물이 찼다. 중국에서 군인들이 힘을 합쳐 열심히 구조하는 장면과는 달랐다. 잘생긴 오스트리아 남자들이 더 잘생긴 남자들을 업고 홍수를 피해 사방으로 대피하는 모습을 보니 눈은 즐거우면서도 안타까운 마음이 들었다.

며칠이 지나고 홍수가 잦아들었다는 소식이 들리자, 우리는 빈을 출발해 독일의 뮌헨으로 향하는 표를 급히 구해 기차에 올랐다. 비행기를 타지 않은 것은 가격 차이가 커서다. 당시 비행기 표는 1장에 100유로였는데 기차표는 32유로밖에 하지 않았다.

또 오스트리아 국영 철도와 독일 국영 철도를 신뢰한 것도 한 몫했다. 특히 독일의 철도는 '절대 연착하지 않는 철도'라고 세계적으로 정평이 나 있다. 그래서 자주 연착하는 비행기보다 훨씬 믿을 만하다고 여겼다.

우리는 쾌적한 기차에 앉아 여정을 시작했다. 홍수는 이제 우리에게서 멀어진 듯했고 철로 양쪽으로 보이는 경치도 전혀 홍수의 영향을 받지 않았다. 오스트리아의 여름은 풍광이 가장 아름다울 때다. 들판에 있는 작고 깜찍한 농가와 한가하게 풀을 뜯는 소와 양, 끝이 보이지 않는 초록색 평원, 그 사이로 간혹 보이는 하얀 발전용 풍차…. 우리는 흡족한 마음으로 감자 칩을 먹으며 이야기를 나눴다. 그런데 한 봉지를 다 먹고 나서 두 번째 봉지를 뜯는 순간 기차가 갑자기 멈췄다.

기차는 이름이 잘 기억나지 않는 작은 역에 멈췄다. 승무원은 어리둥절해하는 우리에게 모두 기차에서 내리라고 했다. 기차 옆에는 버스 10대가 나란히 서 있었다. 그는 우리에게 단호하게 말했다.

"홍수 때문에 앞마을이 물에 잠겨서 돌아가야 합니다. 버스로 갈아타고 가지 않으면 길이 막혀서 갈 수 없습니다."

기차표가 버스표로 변하는 순간이었다. 친구는 이 정도면 친절하게 안내해준 편이니 참고 가자며 나를 위로했다.

언젠가 이탈리아에서 기차를 탔을 때 이런저런 문제가 발생했던 기억이 떠올랐다. 그때 안내하던 사람은 우리에게 "오늘 밤 기관사가 응원하는 축구팀의 경기가 있습니다. 이 경기가 끝나고 출발할 예정입니다." "이렇게 멋진 크리스마스에 가련한 승무원이 근무하게 되어 상심하고 있습니다. 여러분이 양해해주시기 바랍니다"라고 말한 것이 고작이었다.

가장 기가 막혔던 반응은 어떤 미국인이 화가 나서 소리를 질렀을 때였다.

"어째서 모든 기차가 연착되는 겁니까?"

그러자 이탈리아의 승무원은 신이 나서 대답했다.

"새로운 교황님이 취임하셨거든요. 정말 신나는군요!"

버스는 덜컹거리며 오스트리아에 도착했다. 오스트리아 국영열차로 갈아타고 막 안정을 되찾았는데 린츠에서 기차가 또 섰다. 승무원은 부드러운 미소를 유지하며 숨이 차서 헐떡이는 우리에게 방향을 알려주었다. 그가 가리킨 곳으로 가보니 우리를 기다리는 것은 중국에서도 여간해서는 타지 않는 완행열차였다. 인파를 뚫고 힘겹게 기차에 오르자, 순간 타국에서 춘절 귀성열차를 탄 기분이 들었다. 이미 승객으로 꽉 찬 기차 안에서 가까스로 두 좌석을 발견했다. 우리는 기진맥진한 채로 그곳에 앉았고 눈을 감자마자 잠이 들었다. 꿈속에서도 덜컹거리는 기차 소리가 덜컹덜컹하며 들리는 것 같았다.

드디어 잘츠부르크에 도착했다. 우리가 예상했던 시간보다 훨씬 오래 걸렸다. 6시간이면 될 줄 알았는데 12시간 이상이 지나 있었다. 한참 단잠에 빠져 있는데 무뚝뚝한 승무원이 표를 검사하겠다고 깨우는 바람에 화가 치밀었다. 맞은편에 앉은 러시아 미녀들은 표를 꺼내지도 않았는데 승무원에게 윙크하자 그는 얼른 그 자리를 떠나버렸다. 친구는 표를 입에 꼭 물고 하차할 때 일부러 그 승무원 앞에서 큰 소리로 말했다.

"러시아 여자들은 오스트리아 남자를 절대 좋아하지 않아요!"

나는 진지한 말투로 친구에게 말했다.

"저 사람 이탈리아어 못 알아들어."

우리는 순진하게도 이 끔찍한 여정이 합리적인 나라인 독일에 도착하면 끝날 것이라고 생각했다. 하지만 모든 것은 그때부터 시작이었다.

며칠이 지나고 우리는 독일 국영 철도를 타고 잘츠부르크에서 출발해 뉘른베르크로 갈 생각이었다. 완행열차에서 좌석을 차지하려 동분서주하던 기억이 아직도 남아 있어서 우리는 미리 독일 철도 사이트에서 '거액을 투자해' 독일인의 자랑이라는 ICE InterCity-Expres(독일의 주요 도시를 연결하는 고속 열차. -역주)의 7유로짜리 좌석을 예약했다.

그러나 결과는 우리의 불운을 전혀 바꾸지 못했다. 공교롭게도 우리가 타기로 한 열차 편만 운행이 취소된 것이다. '기차가 홍수와 함께 떠나갔다'라는 낭만적인 이유 때문이었다.

오스트리아 국영 철도 담당자는 우리에게 잘츠부르크발 뮌헨 행 차표를 발권해주고는 더이상 관여하지 않았다. 뮌헨에서 뉘른베르크로 가는 노선은 자신들의 담당이 아니니 맞은편 창구의 독일 국영 철도에서 표를 변경하라는 것이다. 한 사무실을 쓰면서도 두 창구 간의 경계가 분명했다. 가련한 여행객들이 조금이라도 편한 꼴을 못 보는 것 같았다.

천신만고 끝에 뮌헨역에 도착했을 때는 기차가 출발하기 5분 전이었다. 친구는 배가 너무 고프다며 내게 짐을 맡기고는 화장실 냄새가 진동하는 스타벅스에 먹을 것을 사러 갔다. 나는 커다란 트렁크 두 개를 끌고 플랫폼으로 달려갔다.

플랫폼의 위치를 확인한 나는 가슴이 턱 막혔다. 우리가 하차한 곳은 22번 승강장인데 갈아탈 열차는 1번 승강장에 있었다. 더 생각할 겨를이 없었다. 나는 승강장까지 계속 달렸다. 양손에 쥐고 있던 두 개의 트렁크 바퀴에서는 묵직하고 요란한 소리가 났다. 나는 등줄기에 땀이 흥건한 채로 차에 올랐고 발을 구르며 이제 막 플랫폼에 들어서는 친구에게 빨리 뛰어오라고 외쳤다. 친구가 먹을 것이 든 봉지를 꼭 움켜쥐고 열차에 오르자마자 문이 닫혔고 우리는 마침내 안도의 한숨을 내쉬었다.

"자리를 찾아가자."

"그러자."

우리는 손안에서 땀에 젖어 너덜너덜해진 기차표를 보았다. 그 위에는 선명하게 31호라고 인쇄되어 있었다. 우리는 숨이 차서 헐떡이는 소리를 내며 객차 안으로 힘들게 걸어갔다. 그러나 맨 앞부터 끝까지 가보았으나 31호 객차는 보이지 않았다. 우리는 마지막 칸에서 서로 바라보았다. 친구는 망설이다 한 승객에게 물었다.

"안녕하세요. 이 객차가 몇 호인가요?

"29호요."

우리는 31호라고 적힌 표를 들고 있는데 객차는 29칸밖에 없었던 것이다.

기차가 움직이지 않았다면 차에서 내려 조앤 K. 롤링Joan K. Rowling의 《해리 포터》에 나오는 9와 4분의 3 승강장에 잘못 들어와 호그와트로 가는 신기한 기차를 잘못 탄 것은 아닌지 확인하고 싶었다.

우리는 어쩔 수 없이 트렁크를 끌고 승무원을 찾아 나섰다. 유럽의 열차 승무원은 신비한 존재다. 스위스에서 일주일이나 열차를 타고 이동하는데 단 한 번도 표를 검사하지 않았다. 덴마크에서는 열차가 어디로 가는지 묻는 나에게 "모릅니다. 아마도 천국행이겠지요"라고 대답하는 괴짜 승무원도 있었다. 그러나 가장 기억에 남는 일은 헝가리에서 지하철 표를 들고 기차를 잘못 탔을 때다. 그 승무원은 말이 통하지 않아서인지 두 팔을 벌려

우리에게 기차를 타라고 설명했다. 있으나 마나 한 그들의 존재
감은 점점 시야에서 사라져가는 창구 매표원보다 더 없었다.

다행히 우리는 식당 칸 구석에서 한 승무원을 찾아냈다. 백발
에 나이가 지긋한 이 승무원은 독일 남성 특유의 오만함과 위엄
을 갖추고 우리의 기차표를 한참 들여다보았다. 그러더니 손을
크게 휘두르며 결론을 내렸다.

"기차는 틀림없는데 당신들의 표가 잘못되었군요!"

친구의 별자리는 불을 붙이지 않아도 폭발한다는 백양자리였
다. 며칠 동안 겪었던 일 중 가장 큰 충격을 받았다. 그동안 참았
던 설움이 고스란히 분노와 억울함으로 바뀌었다. 피가 거꾸로
솟구치는 것을 참느라 얼굴이 새빨개졌다. 두 주먹을 불끈 쥐고
이를 악물었다. 승무원이 완전히 벌집을 건드린 셈이었다.

그동안 언어의 천재라고 자처하던 친구는 기차표를 흔들면서
영어, 이탈리아어, 중국어와 동북 지역 방언까지 섞어가며 목청
을 높여 자초지종을 설명하기 시작했다. 상대에게 우리의 표는
기차역에서 정식으로 변경한 것이며, 돈을 치른 합법적인 표이
며, 우리가 탈 객차와 좌석이 당연히 있어야 한다는 것을 강조
했다.

"Capisci?(알겠어요?)"

그녀가 외쳤지만 소용이 없었다.

독일인 특유의 정서는 한결같았다. 친구가 베이징 사투리로

"무슨 헛소리야!"라고 목청껏 내지르는데도 이 정중한 독일 남자는 시종일관 온정을 베풀어준다는 식의 차가운 표정을 잃지 않고 겨우 한마디를 했다.

"당신을 도와 문제를 해결해줄 수는 있습니다. 하지만 이 일은 당신이 잘못한 것입니다."

그야말로 억지 논리가 아닌가!

한참 실랑이를 벌이다 지친 친구는 원래 예약했던 기차표 내역을 보여주며 설득하려 했다. 휴대폰을 꺼내려 호주머니를 뒤지던 중에 눈이 휘둥그레지며 날 쳐다보았다.

휴대폰이 없어진 것이다!

정말 엎친 데 덮친 격이었다. 친구는 한참을 멍하니 있더니 트렁크 위에 털썩 주저앉아 대성통곡하기 시작했다. 나는 얼굴이 온통 땀에 젖은 채로 그녀를 달래느라 허둥댔다. 곰곰이 생각해 보니 아까 객차 안을 다니다가 부주의로 떨어뜨린 것 같았다. 하는 수 없이 친구는 혼자서 29칸의 객차 바닥을 하나하나 살펴보기로 했다.

나는 잠시 혼자서 그 승무원과 같이 있게 되었다. 어렵사리 그에게 한 가지 질문을 던졌다.

"저 어디 앉아야 하나요?"

"아무 데나 앉아요."

나는 귀를 의심했다. "아무 데나"라는 말이 신중한 게르만족의 입에서 나올 수 있는 말이던가?

"역에 도착하고 나서 손해 배상을 제기해도 되나요?"

"가능합니다. 하지만 기차에 탄 내내 좌석이 없었다는 것을 증명해야 합니다."

나는 어안이 벙벙해졌다.

"그 뜻은 제가 지금부터 스스로 이 모든 과정을 녹화해서 계속 앉지 않았다는 것을 증명해야 한다는 말인가요?"

승무원은 아래턱을 만지며 긍정의 표시를 보냈다.

"아마도요. 그것도 좋은 생각이네요."

나는 완전히 항복하고 말았다.

기차가 멈추자 나는 전염병을 피해 달아나듯 트렁크를 끌고 황급히 하차하여 플랫폼에서 친구를 기다렸다. 한참 뒤에야 머리가 산발이 된 친구가 나타났다.

"휴대폰은 찾았어?"

나의 물음에 그녀는 풀이 죽어 고개를 저었다.

우리는 말없이 서로를 바라보았다. 친구가 한숨을 쉬며 말했다.

"됐어. 가자."

우리는 역사의 사무실을 찾아가 분실 신고를 했다. 해외 로밍을 하지 않았기 때문에 예약한 게스트하우스의 주소와 전화번호를 남겨두었다. 그러나 크게 기대하지 않았고 그저 운명에 맡긴다는 심정이었다. 힘없이 숙소에 돌아오니 말할 기운도 없어서 대충 씻고 잠자리에 들었다.

이튿날 아침, 어제의 우울함에서 아직 빠져나오지 못한 우리
는 도저히 관광할 기분이 아니었다. 게스트하우스를 나와 걸으
며 친구와 새 핸드폰을 사야 하나 의논하고 있었다.

이때 갑자기 누군가 영어로 부르는 소리가 들렸다.

"Hi! Chinese Girl!(안녕하세요, 중국 아가씨들!)"

소리가 난 쪽을 바라보니 길 건너편에는 차 한 대가 서 있었고
한 독일 노인이 우리를 향해 손짓하고 있었다. 나는 눈을 가늘
게 뜨고 바라보았다. 한참 만에야 눈부신 태양 사이로 그 얼굴을
분간할 수 있었다. 그 남자는 뜻밖에도 어제 만났던 얄미운 열차
승무원이었다.

그는 차에서 내려 우리 쪽으로 성큼성큼 걸어오더니 멈춰 섰
다. 그러고 나서 호주머니에서 눈에 익은 휴대폰을 꺼냈다.

"스타벅스 종업원이 발견하여 나에게 가져왔습니다. 나는 당
신들이 분실물 센터에 남긴 주소를 찾아냈고요."

그는 사무적으로 설명해주었다. 목소리는 전혀 변화가 없었
다. 친구는 놀라서 입을 다물지 못했고 더듬거리며 영어로 말
했다.

"그렇다면… 여기까지 어떻게 오셨는지…."

승무원은 여전히 무표정한 얼굴로 말했다.

"게스트하우스에 전화를 걸었는데 받지 않아서 밤새 차를 몰
고 직접 휴대폰을 가져온 겁니다."

백양자리 내 친구는 그렁그렁한 눈으로 승무원을 바라보았다. 금방이라도 울음을 터뜨릴 것만 같았다. 나는 서둘러 친구를 잡아끌며 고맙다고 인사했다. 그렇게 하지 않으면 창피한 행동을 할 것만 같았다.

승무원은 침착했고 우리가 감사 인사를 건네자 곧이어 작별을 고했다. 우리는 감격과 기쁨이 넘쳐 웃는 얼굴로 그에게 인사했다. 그의 눈썹이 씰룩하더니 입꼬리가 미세하게 올라갔다. 그리고 손을 흔들며 몸을 돌려 걸어갔다.

친구가 멍하니 나에게 물었다.

"지금 우리한테 웃어준 거 맞지?"

나는 어깨를 으쓱했다. 아마도 그랬을 것이다. 하지만 그건 아무래도 중요하지 않았다.

친구는 휴대폰을 소중히 들고 있었고, 우리는 그 독일 남자의 멀어지는 뒷모습을 지켜보았다. 그의 자세는 꼿꼿했으며 은발이 햇빛 아래에서 눈부시게 빛났다. 마치 꿈속에서 본 우아한 기사의 모습처럼 황홀하고 기묘했다. 그것은 형언할 수 없는 낭만적인 분위기를 자아냈다.

우리가 흔히 보는 독일 남자들은 대부분 양복과 가죽 구두 차림이다. 조금의 빈틈도 없으며 곁눈질도 하지 않는다. 그러나 그들에게 호의적인 표정으로 대하면 그들은 틀림없이 근엄하게 예의를 갖춰 옅은 미소로 화답할 것이다. 프랑스 사람들의 낭만이

나 스위스 사람들의 자유로움에는 못 미치지만, 그들과는 다른 멋과 매력이 있다.

　최소한 그 여행에서 우리는 '독일 남자의 미소'라는 좋은 이야깃거리를 만났다.

　제바스티안 하프너의 에세이 《어느 독일인 이야기》를 읽은 적이 있다. 속표지에 적힌 괴테의 명언이 기억에 남는다.

　"독일이라는 나라는 언급할 것이 없으나 독일인 개개인은 의의가 크다."

　사실 이 세상에 존재하는 모든 사람 중에서 의의 없는 사람이 어디 있을까? 당신의 미소는 어쩌면 나비 효과의 시작일지도 모른다. 당신이 무의식중에 뿜어내는 따뜻함으로 봄꽃은 만발하며 지고 또 피어날 것이다.

　우리는 독일 승무원을 다시 만나지는 못했다. 그러나 그 순간의 미소를 잊을 수가 없다. 그 이후에도 무수한 광경을 보았고, 여행 중 상상을 초월하는 사건도 많았다. 억수같이 퍼붓는 비를 뚫고 이탈리아에서 작은 호텔을 찾아다닌 일, 추운 겨울밤 타국의 길거리에서 덜덜 떨며 따뜻한 밥 한 끼 파는 곳을 찾아 헤매던 일. 파리에서는 배낭을 소매치기당해 빈털터리가 된 적도 있었다. 무시무시한 쓰나미를 만나기도 했으며 해발이 높은 곳에서 고산병으로 의식을 잃고 생사의 갈림길에 서기도 했다. 그러나 묘하게도 그 미소를 만난 이후 나는 여행길에서 만나는 미지의 존재에 대한 두려움이 사라졌다. 더 정확하게 말하면 상관하지 않게 된 것이다.

이 세상이 계획대로 되지 않는다는 것을 처음으로 깨달았다. 그러나 다급한 일을 맞닥뜨렸을 때 어떻게 대처하느냐에 따라 뜻밖의 또 다른 만남이 시작될 수 있다는 것도 알았다. 앞에 난 길을 묻지 말고 득과 실을 따지지도 말자. 긍정적으로 생각하다 보면 어떤 방식으로든 나아가며 도중에 만나는 좌절과 비바람도 견딜 수 있다. 좌절과 절망이 아무리 커도 마음속 어딘가에 다음 길모퉁이에서 누군가 차에서 내려 손을 내밀어줄 것이라고 생각해보자.

그 사람은 전혀 모르는 낯선 사람일 수도 있고 우연히 만난 인연일 수도 있다. 심지어 내 운명의 길을 가로막은 적일 수도 있다. 그러나 그 순간만큼은 그는 당신에게 선의의 미소를 보여주는 우아한 천사일 것이다. 나는 그가 손안에 작은 행운을 쥐고 있다고 믿는다. 이는 추측이 아니라 하늘의 기대다.

❧

내가 원하는 것을
타인에게 먼저 베푼다면

1

새해가 밝은 다음 날, 나는 대만의 남쪽에 있는 열대 식물 공원인 컨딩墾丁에 있었다. 친구가 모는 차를 타고 해변 도로를 따라 드라이브를 즐겼다.

친구의 이름은 수훙書弘. 대만 토박이 남자다. 그는 가무잡잡하고 말랐으며, 말이 없지만 유머가 넘친다. 몇 년 전 타이베이에 있는 좋은 직장을 그만두고 집을 팔아 컨딩으로 이사했다. 이곳에 예쁜 집을 짓더니 '이비자의 일출'이라고 이름 붙인 게스트하우스를 열었다. 집값이 비싸지 않고 게스트하우스 일도 힘들지 않아서 흡족한 나날을 보내고 있다.

우리는 웨이보를 통해 알게 되었는데 직접 만나보니 대화가 잘 통했다. 그는 상당히 훌륭한 가이드였다. 숨어 있는 비경과 맛집을 추천해주었으며, 전문 사진가 못지않게 사진을 잘 찍어서 많은 여성에게 환영받았다. 경력, 대인 관계, 배려심 뭐 하나 빠지는 것이 없었다.

2

수홍은 나를 모래사장에 데리고 갔다. 그곳은 유명한 관광 명소였다. 해변을 향해 걷다 보니 멀리 버스 한 대가 서 있는 것이 보였다. 벽에 바짝 주차해서인지 백미러가 관광지 입구에 걸렸다. 키가 큰 관광객이라면 자칫 머리를 부딪칠 수 있었다. 그는 성큼성큼 걸어가더니 팔을 뻗어 그 백미러를 잡아주었다.

나는 고맙다고 말하고 계속 걸어갔다. 고개를 돌려보니 그가 여전히 같은 자리에 서서 팔을 치켜든 채 우리를 뒤따라 오던 단체 관광객들이 지나가기를 기다려주고 있었다. 조금도 귀찮은 표정을 짓지 않았다. 관광객들은 그에게 고개를 끄덕였고 그는 미소로 화답했다. 마지막 한 사람까지 지나가고 나서야 그는 백미러를 놓았다.

좀 더 걷다가 나는 다시 고개를 돌려 뒤를 보았다. 이번에는 다른 남자가 수홍이 서 있던 자리에 똑같이 서서 백미러를 잡아주고 있었다. 마치 릴레이라도 하듯 자연스러우면서 침착했다.

3

해변에서 한 관광객이 파인애플을 먹었다. 그런데 깎은 껍질을 아무 데나 버리는 것이 아닌가. 나는 화가 나서 "공중도덕을 지킬 생각 따윈 없군"이라며 중얼거렸다.

그때 수홍이 말없이 다가가 바닥에 떨어진 파인애플 껍질을 묵묵히 주웠다. 껍질을 버린 사람들도 무안해졌는지 그와 함께 줍기 시작했다.

수홍은 노란색 파인애플 껍질을 한 데 모은 다음 나뭇가지로 묶기 시작했다. 그가 손으로 몇 번 만지작거리자 파인애플 껍질로 만든 꽃 한 송이가 피어났다. 그는 이것을 한 관광객에게 건네주며 말했다.

"컨딩의 선물입니다. 마음에 드십니까?"

관광객은 얼굴이 빨개져서 받아들더니 연신 고개를 끄덕였다.

"마음에 들고말고요."

4

수홍의 여자 친구는 사랑스러운 중국 아가씨 샤오샤오筱筱다. 샤오샤오는 성격도 좋고 얼굴도 예쁘다. 유일한 흠이라면 키가 작고 몸집이 왜소한 편이랄까.

나는 두 사람이 사는 집에 초대받았다. 그런데 들어서자마자 뭔가 이상하다는 느낌을 받았다. 자세히 보니 옷걸이가 눈에 띄게 낮아서 외투를 걸면 거의 바닥에 끌리는 것이었다. 수홍은 그런 나를 보고 급히 다가와 내 외투를 제대로 걸어주며 연신 미안하다고 말했다.

영문을 모르는 나에게 그는 멋쩍어하며 그 이유를 설명해주었다. 키가 작은 샤오샤오가 까치발로 옷을 거는 것이 안타까워 특별히 낮은 옷걸이를 맞춤 제작했다는 것이다. 그의 설명을 듣고 집 안을 둘러본 나는 놀랐다. 식탁, 의자, 책꽂이 등 대부분 가구의 키가 다 낮았다. 그러나 수홍은 조금도 불편한 기색이 없었다.

5

집 안을 대충 둘러보고 나는 주방으로 가서 샤오샤오를 도와주기로 했다. 때마침 그녀는 완자를 튀기고 있었는데 무를 아주 잘게 다져 넣었다. 지켜보던 내가 한마디 했다.

"무를 너무 잘게 다지면 식감이 떨어지지 않아요?"

그녀가 수줍게 웃으며 말했다.

"수홍이 요 며칠 동안 기침과 가래가 심한데 의사가 무를 먹으면 기관지에 좋다고 했어요. 하지만 저 사람이 무를 싫어해요. 그래서 생각한 게 무를 얼렸다가 다진 다음 완자 속에 넣어 튀기는 것이에요. 이렇게 하면 무 맛은 안 나면서 몸에는 좋지 않겠어요?"

도마 위에 눈 알갱이처럼 잘게 다져진 무를 보면서 나는 갑자기 할 말이 생각나지 않았다.

6

수홍과 샤오샤오 덕분에 많은 것을 알게 되었다. 우리는 늘 세상 사람들이 나에게 따뜻하게 대해주기를 바란다. 그러나 자신이 평소에 사람들을 어떻게 대하는지는 진지하게 생각하지 않는다. 다정하고 자연스럽게 일상의 순간을 사랑하는 두 사람이 부러우면서 그들에게 감탄했다.

이 세상을 의인화한다면 아마도 '무력한 훈남'일 것 같다. 온종일 수많은 사람들의 요구와 무례한 대우를 받고 괜한 트집을 잡히기도 한다. 그러면서도 사람들은 그에게 가장 넓은 품과 가장 편안한 포옹을 원한다.

정작 상대가 필요로 할 때, 사람들은 웃어주는 것마저 인색하다. 부드러운 태도와 충분한 인내심으로 친밀한 사람을 대할 때 감정지수 역시 가장 높아진다고 한다. 만나는 모든 사람을 가장 가까운 사람이라고 생각하고 진심을 다해 세심하게 배려하고 보호하면 어떨까. 그렇게 서로 좋은 영향을 주고받을 때, 우리는 마침내 봄바람 속에서 살 수 있으며, 모든 것이 봄바람처럼 부드러워질 것이다.

세상이 나에게 따뜻하게 대해주기를 바란다면 먼저 이 세상을 따뜻하게 대해야 하지 않을까.

함께 살아가기 위한
배려의 미학

아는 PD가 웨이보에 시청률 분석표를 올렸다. 자신이 제작한 방송 프로그램이 동 시간대 1위를 기록했다는 것을 보여주고 싶어서였다. 도표 말미에는 웃는 얼굴 사진을 올려 기쁨을 드러냈다.

댓글을 살펴보니 축하한다는 내용이 대부분이었다. 그런데 그중 한 댓글이 눈에 들어왔다. 나도 익히 아는 여성이었다.

"하하하. 이런 시청률은 다 조작이잖아."

나는 아연실색했다. 새로 고침을 해보니 그 댓글은 이미 지워져 있었다. PD가 삭제한 것이다.

얼마 후 그 여성은 자신의 웨이보에 억울하다고 글을 올렸다.

"댓글을 왜 지웠는지 이해할 수 없다. 나는 진실을 말한 것뿐이다. 조작이 많다는 것은 사실이지 않나?"

그 여성은 핵심을 잘못 짚은 것이 분명하다. 정말 조작이라고 한들 그것이 대수인가? 당신도 마찬가지다. 친구와 절교하여 죽을 때까지 안 보고 살 것이 아니라면 할 말과 해서는 안 되는 말을 구분해야 한다.

지인은 며칠 후 웨이보에 또 한 장의 사진을 올렸다. 새로 산 명품 가방이었다. 득의양양한 분위기가 넘쳤다.

그런데 누군가 바로 댓글을 달았다.

"이거 가짜죠? 장식 색깔이 좀 이상하네요."

그녀는 몹시 화가 나서 댓글을 올린 사람에게 반박했고, 결국 기분이 상한 채 상황은 종료되었다. 다행히 한참 지나고 나서 그녀는 악플을 달았던 사람이 용서를 바란다며 사과 편지를 써왔다고 말해주었다.

한 여학생이 친구의 집에서 지내게 되었다. 지내는 동안 사이가 좋았고 그녀가 그 집을 떠날 때도 서로 기분 좋게 헤어졌다. 그런데 며칠 뒤 집주인이었던 친구의 블로그에 뜻밖의 글이 올라왔다.

"친구가 우리 집에서 지내면서 빵 부스러기를 소파 틈새에 흘렸다. 침대 위에 떨어진 머리카락은 치우지도 않고 가서 한참 동안 청소해야 했다."

두 사람을 모두 알던 친구들이 이 내용을 보았다. 언급된 당사자는 몹시 화가 나서 집주인이었던 친구를 블랙리스트에 올리고 절교를 선언했다.

한 친구가 블로그에 글을 쓴 친구에게 물었다.

"왜 그런 글을 올렸니? 그 애가 마음에 들지 않아서 일부러 그런 거니?"

뜻밖에도 그 친구는 상심이 가득한 표정을 지으며 고개를 크게 좌우로 저었다.

"그럴 리가 있니? 줄곧 친하게 지낸 사이인데. 난 그 내용을 보고 친구가 그렇게까지 화낼 줄 몰랐어. 내가 말한 게 사실이긴 하잖아."

그 친구의 말이 물론 거짓은 아니다. 잘못이 있다면 적당치 않은 공간에 적절치 않은 형식으로 진실을 말한 것뿐이다. '솔직한 말'은 객관성은 갖추었지만 위로의 요소는 없다. 솔직한 말이 듣기에 다 좋은 것은 아니란 소리다. 상황에 맞게 적절하게 표현하는 것은 매우 중요하다. 빠져나갈 길을 마련하지 않은 채 느낀 바를 그대로 표현하는 것은 무모한 것이다.

말의 아름다움과 리듬감을 잘 표현하는 사람들이 있다. 불행히도 어떤 사람들은 이 점을 제대로 익히지 못한다. 그런 사람들은 "생각대로 말한다"라고 하며 합리화한다. 그 순간 타인에게 상처 주는 것을 피할 수는 없다.

그것이 아니라면 그들의 잠재의식 속에 상대를 깎아내리고 싶은 경쟁 심리가 작용한 걸 수도 있다. 그래놓고 상대를 위한다며 토하더라도 약이니 먹어야 한다는 식으로 함부로 말하고 상대의 심정은 철저히 무시해버리는 것이다. 그리고 '솔직함'을 내세워 합리화한다. 이를 해결하는 방법은 간단하다. 처지를 바꿔 상대방이 되어서 직접 느껴보는 것이다.

여사원 A와 B가 회사 쓰레기통 옆에서 누군가가 버린 꽃다발을 발견했다. 아직 싱싱한 꽃이 아까웠던 A는 몇 송이만 추려서 화병에 꽂아 책상 위에 놓아두었다. 지나가던 동료들이 부러움과 질투가 섞인 말투로 물었다.

"아유 예뻐라! 선물 받았나 봐요."

A는 어떻게 대답할지 몰랐다. 쓰레기통에서 주워왔다고 말하자니 너무 민망했다. 이때 옆자리에 있던 B가 웃으며 거들었다.

"맞아요. 꽃다발을 받았는데 몇 송이만 꽂아놓았답니다."

동료들은 칭찬 몇 마디를 더하고 제자리로 돌아갔고 A와 B는 마주 보며 웃었다.

한 여사원이 남자 동료에게 메시지 하나를 받았다. 화면에는 "어젯밤 데이트 즐거웠어?"라고 쓰여 있었다.

다른 사람에게 보낼 메시지가 잘못 온 것이 분명했다. 잠시 후 메시지를 보낸 그가 헐레벌떡 달려오더니 민망한 기색이 역력한 얼굴로 더듬거리며 말했다.

"이거…새로 산 휴대폰인가 봐요? 잠시 살펴봐도 될까요? 저도 핸드폰을 바꿀 예정이거든요."

그녀는 고개도 들지 않고 컴퓨터 화면 속 문서와 숫자만 들여다보며 귀찮다는 말투로 대답했다.

"가져가서 봐요. 지금 바쁜 거 안 보여요? 문서 마감 시간이 얼마 안 남았다고요. 귀찮게 굴지 말아요!"

그는 반색하며 고맙다는 말과 함께 휴대폰을 열었다. 그 순간 그녀는 그가 안도하는 소리를 들은 것 같았다. 그녀는 컴퓨터 화면에서 눈을 떼지 않고 소리 없이 미소 지었다.

한 남자가 여자 친구의 부모를 만났다. 그는 매우 긴장했다. 그녀의 부모가 딸에게 물었다.

"너, 저 친구의 집에 가본 적 있니? 어땠어?"

그의 얼굴이 금세 붉어졌다. 그는 월급이 적어서 지하에 세 들어 살고 있었다. 방은 습기가 차서 양파에 길게 싹이 돋을 정도였다. 여자 친구가 집에 왔을 때 하수도에서 커다란 쥐 두 마리가 튀어나온 적도 있었다. 그것도 두 번이나 말이다. 여자가 혼비백산하여 비명을 지른 것은 당연하다.

그는 구원을 청하는 눈빛으로 여자 친구를 바라보았다. 등에서는 식은땀이 줄줄 흘러내렸다. 여자 친구는 잠시 생각하다가 웃는 얼굴로 부모에게 말했다.

"가봤어요. 얘는 마음이 착하고 집 안도 참 재미있게 꾸며놓았더라고요. 식물도 키우고 작은 동물들도 있어요."

부모는 흡족한 웃음을 지었다.

얼마 후 두 사람은 결혼했고 형편은 점점 좋아졌다. 그때의 일을 이야기할 때마다 여자는 얼굴에 웃음을 띠고 사랑스러운 눈으로 그를 쳐다봤다. 남자는 평생 들어본 말 중 가장 오묘한 대답이었으며, 성실하고도 낭만적인 대답이었다고 말했다.

흥미로운 인터뷰 기사를 보았다.

어떤 기자가 홍콩의 부동산 건설 회사인 차오푸僑福 그룹의 황젠화黃建華 회장을 만난 내용이었다. 회장은 인터뷰에서 가식 없이 웃으며 말했다.

"나는 사람들에게서 비위 맞춰주는 말을 듣는 것이 좋습니다. 일이 힘들면 당연히 좋은 소리를 듣고 싶죠."

황젠화 회장이 말하는 '비위 맞추기'는 아무 의미 없이 일차원적으로 받드는 것을 의미하는 것이 아니다. 그처럼 부유한 사람들은 격조 있는 칭찬에 이미 익숙하다. 그 또한 "아무래도 좋은 소리를 듣는 것이 좋다"라고 할 정도니 말이다. 그가 말하는 것은 듣는 사람을 으쓱하게 만드는 적절히 다듬어진 칭찬이다.

과하지 않으면서 품격 있는 칭찬은 타인의 체면을 살려준다. 소인배라면 그러려니 하고 넘어갈 것이며 군자라면 좋은 친구를 얻을 수 있다. 그러니 마다할 필요가 있을까?

삶은 서로 융화되어 흘러가는 계곡물이다. 나만 살자고 암석을 휩쓸어버리는 격랑이 아니다. 상대를 추켜세우는 것은 결코 가식이 아니며, 오히려 상대를 배려하고 미학을 추구하는 행동이다. 무엇보다 나 자신에게는 빠져나갈 구멍을 남겨놓는 방책이기도 하다.

다른 사람에게 디딤돌이 되어주지 않아도 괜찮다. 보통 우리는 자신을 위한 계단을 놓기에도 바쁘니까. 다만 타인의 앞길을 가로막지만 않으면 된다. 말로 배려하는 일은 그중 작은 일에 지나지 않는다. 다른 사람의 광채를 더해주지는 못하더라도 그 앞을 가로막지 않는 것 정도는 할 수 있지 않을까?

제4장

흔들리는
나를
성찰하는 시간

❦

잘못된 길을 고집하면
잘못을 되풀이할 뿐이다

동창회 자리에 한동안 모습을 보이지 않던 한 남자 동창이 이직했다고 선언했다. 학창 시절, 가장 공부를 잘하는 무리에 속했던 그는 졸업하자마자 공무원이 되었다. 당시 공무원은 인기 있는 직종으로, 쟁쟁한 사람들을 제치고 되기가 쉬운 일이 아니었다. 그래서 그가 공무원 시험에 합격했다고 했을 때 다들 부러워했었다. 그런데 몇 년 지나지도 않아 돌연 공무원을 그만둔 것이다.

"일이 재미없었니?"

"네 성격이 그렇게 즉흥적이진 않잖아."

"그렇게 쉽게 그만두다니. 그 자리를 부러워하는 사람들이 얼마나 많은지 몰라서 그래?"

이런 반응에 그는 어깨를 으쓱했다.

"너무 피곤해서 그래. 공직 사회는 이해할 수 없는 일투성이더라."

그의 말에 눈치가 빠른 한 동창이 물었다.

"그럼 적응을 못한 거야?"

"그래."

그는 부정하지 않았으며 표정도 별로 밝지 않았다.

"원래 내가 부처장으로 승진할 차례인데 내 상사의 친척이 그 자리를 가로챘지 뭐야. 그래서 홧김에 그만둬버렸지. 지금은 대학에서 강사로 일하고 있어. 매일 공부하며 학생들을 가르치는 것도 멋진 일이야."

"그러지 말고 좀 참지 그랬어. 일을 하다 보면 불만이 생기는 건 어쩔 수 없잖아. 물론 너무 힘들 땐 똥을 먹는 기분이지. 그래도 어차피 직장이란 게 다 똑같지 않아?"

한 친구가 그에게 충고하자 그는 고개를 내저으며 말했다.

"그렇지 않아. 네가 내 지겨움을 알아? 심지어 진짜 똥을 먹는다고 해도 다른 곳에서 먹지 거기선 먹고 싶지 않아!"

한 여자 동창이 그의 말을 받았다.

"난 그 말에 동의해."

모두 웃었다.

"너도 회사 그만둔 거야?"

"아니, 사실은 나 이혼했어."

그녀의 남편은 유명한 기업의 이사였다. 그녀에게는 멋진 저택과 별장, 고급 자동차가 있었다. 그녀의 아이는 이미 초등학교에 들어갔다. 그런데 갑자기 이혼을 했다니 선뜻 이해가 가지 않았다.

"그 사람이 외도를 했거든."

그녀는 간단명료하게 그 이유를 말해주었다.

"집에 여자를 데리고 와 내 앞에서 염장을 지르기에 그냥 헤어져버렸어."

한 친구가 다른 의견을 제기했다.

"한 번쯤 실수 안 하는 남자가 어디 있니? 네가 참았어야지. 참고 견디다 보면 언젠가는 돌아오게 되어 있어. 요즘 그 정도 재력 갖춘 사람 찾기 힘들어. 어찌되었든 넌 넘어진 그 자리에서 악착같이 버티며 다시 일어났어야 해."

여자가 웃었다.

"내 길이 아닌 곳에서 넘어진다면 설사 수만 번을 일어난들 무슨 의미가 있겠어?"

온몸이 만신창이가 되었는데도 쉬지 않는 태도는 존경할 만하지만 가장 이상적인 결론은 아니다. 끝까지 해보겠다는 정신이 지나치면 고집이 되며 모든 어려움을 가중시켜 스스로 옭아매서 빠져나올 수 없게 만든다. 새로 출발하는 것은 결코 나약한 것이 아니다. 자성한 후에 이뤄지는 더욱 성숙한 선택이다.

넘어진 사람 중 일부는 그 길이 자신의 길이 아니며, 넘어진 이유와 그 길을 포기해야 하는 아픔에 대해 잘 알고 있다. 잘못된 방향을 고집하는 것은 잘못을 반복할 뿐이다. 굴욕스럽게 실패했더라도 다른 길을 새로 걷다 보면 다시 시작할 수 있다. 그것이 막다른 길에서 끝까지 버티는 것보다 훨씬 낫다. 반드시 넘어진 그 자리에서 일어나라는 법은 없다. 그것은 허영이 아니며, 자신의 판단에 따른 선택이다.

장점은 살리고 단점은 줄여 다른 곳에서 다시 일어선다면 마침내 찬란한 영광을 안고 승전보를 울릴 수 있다. 그때가 되면, 사방을 가득 메운 꽃과 환호성 속에서 실패를 추억하게 될지도 모른다.

나를 지키는
가장 좋은 방법

중국 남쪽에 위치한 후난湖南 성에 음식점이 새로 개업해서 밥을 먹으러 갔다. 문을 열고 들어서자마자 주인이 친절하게 우리를 맞으며 물었다.

"친구 소개로 오셨습니까?"

나는 멈칫하며 말했다.

"그렇습니다."

"그분이 ○○○씨 인가요?"

나는 놀랐다. 그의 말이 적중했기 때문이다.

"맞아요. 삼십 분 전에 다녀갔을 거예요. 그 친구가 이 식당의 음식 맛이 좋다고 해서 찾아온 겁니다."

그 짧은 시간에 친구는 어떠한 정보도 남기지 않았을 텐데 식당 주인은 내가 친구의 지인인 줄 어떻게 알았을까? 웃으면서 내게 자리를 권하던 그가 대답했다.

"짐작한 거죠."

호기심이 발동해 그렇게 짐작한 이유가 무엇인지 묻자 그가 자세히 설명했다.

"첫째, 지금 시각이 저녁 11시입니다. 식당 앞 길목은 공사 중이라 교통이 불편하죠. 게다가 우리 집은 개업한 지 얼마 되지도 않았습니다. 이 시간에 우리 집을 처음 찾는 손님이라면 지인의 소개로 오는 분이 대부분일 겁니다.

둘째, 손님이 카메라 가방과 녹음기를 가진 것으로 보아 방송 기자가 아닐까 추측했죠. 우리 식당 손님 중에 손님 같은 분은 많지 않거든요.

셋째, 친구 사이라면 연령대나 이미지가 크게 다르진 않을 거라고 생각했습니다. 손님과 비슷한 나이, 비슷한 복장을 한 분이라면 ○○○씨일 거라고 짐작했습니다."

나는 탄성을 연발했다. 그의 추천을 받아 몇 가지 음식을 주문했는데 맛이 상당히 훌륭했다. 우리는 식사를 하면서 이야기를 나누었다.

주인이 처음 이 일을 시작하게 된 것은 고급 호텔에서 아르바이트를 하면서부터였다. 다른 사람들은 일하는 틈틈이 몰래 쉬었지만 그는 호텔 구석에서 오가는 손님을 관찰하며 사람들의 직업과 심리, 소비력 등을 유추했다. 나중에는 심리학 과정도 1년 독학했다.

그는 식당 내부를 가리키며 말했다.

"우리 식당은 에어컨과 마주한 곳이 9번 좌석뿐입니다. 종업원은 손님이 들어오면 9번 좌석을 피해 안내합니다. 그래야 음식이 빨리 식지 않고 맛도 지킬 수 있으니까요."

"그러면 9번 좌석의 존재 의미는 뭐죠?"

"급하게 포장하는 손님을 위한 자리죠. 더운 여름에 걸어오다 보면 땀에 흠뻑 젖잖아요. 그러니 에어컨 바람을 쐬면서 편안하게 기다리시란 의미입니다."

그의 설명에 나는 그야말로 박수라도 치고 싶었다.

"가게를 낸 지 얼마나 됐나요? 장사는 잘되나요?"

"그럭저럭 됩니다."

밤이 늦었는데도 홀에는 절반이나 손님이 차 있었다.

"처음에는 장사가 잘 안 됐어요. 그래서 아이디어를 냈죠. 아는 친척과 지인들을 불러 무료로 밥을 먹게 했습니다. 하루 세끼를 다 제공하면서 보름 동안 지속했죠."

"공짜 밥을 주면서 장사가 잘된다고요? 손해가 클 텐데요."

나는 이해할 수 없었다.

"당연히 처음엔 손해가 났죠. 하지만 보름 동안 가게 앞을 지나가는 사람들은 가게 안에 사람이 가득한 모습을 보면서 저희 가게가 장사가 잘된다고 생각했을 겁니다. 심지어 번호표까지 나눠줬으니까요. 이렇게 장사가 잘되는 식당이라면 누구든 와 보고 싶지 않겠어요? 보름이 지나고 났을 때 손님은 줄기는커녕 오히려 늘어났습니다. 공짜 음식에 돈을 들일 만했지요?"

들고 보니 당연히 그랬을 것 같다. 그날 저녁, 식당에서 나와 걸으며 한동안 생각에 잠겼다.

우연히 만났던 한 자동차 주인이 불현듯이 떠올랐다. 정확히 말하면 자가용으로 불법 영업하는 운전기사였다.

이런 일은 드러내놓고 할 수 없다 보니 운전기사 역시 '대충 일하자'라고 생각하기 쉽다. 차 안은 눈 둘 곳을 찾지 못할 정도로 지저분하여 차라리 창밖을 보는 것이 낫다고 해야 할까. 기사는 운전 중에 제멋대로 담배를 피우거나 수다와 욕설을 아무렇지도 않게 내뱉으며 전화 통화까지 한다. 게다가 손님에게 바가지를 씌우기도 해서 부득이한 경우가 아니면 이런 차는 타지 않는다.

그러다가 우연히 한 불법 영업차를 이용하게 된 적이 있었다. 그는 다른 기사들과는 아주 달랐다. 티끌 하나 묻지 않은 흰 와이셔츠와 남색 바지를 입고 머리는 단정하게 빗어 넘겼다. 말투는 예의 바르고 목소리도 부드러웠다.

차 안은 언제나 깨끗이 청소되어 있었으며, 코를 찌르는 방향제 냄새 대신 은은한 과일 향이 풍겼다. 차에 탈 때마다 그는 마치 마술사처럼 과일을 꺼내서 친절하게 권했다. 차 안에는 게임을 할 수 있는 태블릿 PC, 작은 생수, 휴대폰 충전기, 일회용 슬리퍼, 우산이 비치되어 있었다. 심지어 그는 깨끗하게 세탁된 크고 두꺼운 머플러까지 준비해서 여자 승객들이 추울 때마다 두를 수 있게 했다.

얼마 전에 그 차를 탔는데 좌석 앞에 이런 쪽지가 붙어 있었다.
"이 차는 와이파이를 제공하며, 쪽지 뒷면에는 아이디와 비밀번호가 적혀 있습니다."
나는 탄복하며 어떻게 이 일을 하게 되었는지 물었다. 그는 한참 생각하더니 이렇게 말했다.
"저는 자동차 운전하는 것을 좋아합니다. 좋아하다 보니 자연스럽게 한 것이지 특별한 이유는 없어요."
나는 그에게 직업을 바꾸는 게 어떻겠느냐고 권했다. 자가용으로 영업하는 것은 불법이기 때문이다. 그는 일단 나의 제안을 받아들였다. 그러나 매우 진지하게 말했다.
"무슨 일을 해도 차는 계속 몰 것 같아요. 다른 일은 재미가 없어서 잘하지 못할 것 같거든요."

한 학교에서 강연할 기회가 있었다. 그때 남학생 한 명이 손을 들고 질문했다.

"저는 앞으로 어떤 일을 해야 할까요? 진로를 어떻게 정해야 할까요?"

나는 잠시 생각하고 나서 반문했다.

"누군가가 학생에게 기회를 준다고 해봐요. 수입, 체면, 생활 수준, 가족의 기대 같은 조건을 고려하지 않고 자유롭게 '가장 좋아하는' 직업을 선택하라면 어떤 직업을 선택할 것 같아요?"

그런데 질문한 학생은 물론 다른 학생들도 한참을 망설이며 갈피를 잡지 못했다. 나는 그들의 반응에 더 놀랐다. 모두 자신이 가장 좋아하는 것이 무엇인지 전혀 모르고 있었던 것이다.

어떤 사람은 수입이 좋은 통번역사가, 어떤 사람은 존경받는 의사가 좋은 직업이라고 생각한다. 교사가 안정된 직업이라고 생각하는 사람도 있고, 차라리 카페를 차리는 것이 낫다는 사람도 있다. 그러나 뜨거운 열정을 쏟고 꿈에서도 그리며, 의심할 여지없이, 심지어 자신의 모든 것을 버리면서라도 하고 싶어 하는 직업은 거의 없는 것 같다.

어느 앨범에 실릴 노래를 작사하다가 주제를 이것으로 삼았다.

"어떤 일에 빠지는 것이 바로 신앙이다."

나는 이 글귀를 무척 좋아한다. 당신은 어떤 일에 빠지고 싶은가? 온 마음을 쏟아부으며 빠져나오지 못할 정도로 하고 싶은 일이 있는가? 연애할 때와 비슷한 집착과 쾌감을 느끼며 처음부터 끝까지 몰두하는 일이 있는가?

사실 일과 사랑은 서로 통한다. 사랑이나 일을 하는 중이라면 그것으로 행복해하며 소중히 여기고 계속 지켜가야 한다. 하지만 아직 하고 있지 않다면 그 존재를 찾아 나서야 한다.

"어떤 일을 하려면 그 일을 좋아해야 한다"라는 옛말이 있다. 특히 그 일을 훌륭하게 해내서 다른 사람보다 앞서가고 싶다면 더더욱 자신이 좋아하는 일을 해야 한다. 모든 정성을 기울여야 경쟁이 치열한 동종 업계에서 두각을 나타낼 수 있기 때문이다.

날마다 정해진 시간에 출퇴근하는 생활은 안락하고 편안하긴 하지만 성공과는 거리가 멀다. 스스로 직업을 사랑하지 않는다면 그저 하루하루 연명할 뿐이다. 사랑 없는 결혼 생활이 생기 없는 것과 같다.

그런 관점에서 보자면 모든 취미는 미래의 직업이 될 수 있다. 가령 동물을 사랑하면 수의사가 될 수 있으며, 식물을 좋아하는 사람은 원예사가 될 수 있다. 유머를 좋아한다면 열심히 노력하여 궈더강郭德綱(중국의 유명한 만담 배우.-역주) 같은 유명한 코미디언이 될 수도 있다.

이때 중요한 것은 스스로 흥미를 느끼고, '중독'될 정도로 그 일에 빠져들며, 모든 노력을 기울이는 것이다. 이것이 꿈을 이루는 필수 조건은 아니지만 최소한 성공의 시작은 될 수 있다. 설사 성공하지 못한다 해도 거침없이 도전하는 용기는 존중받아 마땅하다. 생존의 가치와 의미를 갖는 것이야말로 살아가는 최종 목표이기 때문이다. 이는 인간과 동물의 유일한 차이이며, 자아를 찾는 최선의 방식이기도 하다.

때때로 우리는
생각이 너무 많다

　남자는 조용하고 소탈한 여자를 만나 행복을 느꼈고, 둘은 곧 결혼했다. 그는 늘 최선을 다해 일했으나 내성적이고 예민한 성격 탓에 업무상 전전긍긍하는 일이 잦았다.

　하루는 회의를 하는데 상사가 말하는 도중에 무의식적으로 끼어들었다. 끝나고 나서 그는 자신이 크게 결례했다고 생각했다. 또한 사람들이 자신에 대해서 잘난 체하고 상사를 존중하지 않으며, 직장에서의 수칙을 어겼다고 생각할까 봐 걱정되었다.

　그러자 상사를 볼 때마다 불안하여 전전긍긍했다. 야근에서 제외되면 상사가 자기를 중용하지 않는다고 느꼈으며, 야근을 지시하면 자신이 열심히 하지 않아 벌을 주는 것이라고 생각했다. 상사가 어떻게 대해도 그의 걱정은 줄어들지 않았다. 그는 견디다 못해 상사를 찾아가 자신에게 어떤 불만이 있느냐고 물었다. 상사는 어안이 벙벙하여 그저 웃었다.

"자네는 생각이 너무 많군."

그는 상사가 자기 앞에서 적당히 얼버무렸다고 생각했다. 여전히 불안한 마음을 떨치지 못했다.

며칠이 지나고 그는 상사를 다시 찾아가 똑같이 질문했다. 상사가 이번에는 바로 대답하지 않고 잠시 그를 진지하게 바라보았다. 그러더니 이번에도 "자네는 생각이 너무 많군"이라고 말했다. 그러고 나서 쓸데없는 생각 말고 일이나 하라고 당부했다. 같은 말을 두 번 듣고 나니 그는 답답했다.

집에 돌아와서는 길게 한숨을 쉬며 아내에게 고민을 털어놓았다. 그의 아내는 차 한 잔을 놓고 그의 옆에 앉아 조용히 그가 이야기하는 것을 들었다. 그러고 나서 차분한 음성으로 말을 꺼냈다.

"상사가 처음 '자네는 생각이 너무 많군'이라고 한 말은 말 그대로의 의미인 것 같아요. 그분은 불필요한 일에 마음을 쓰는 당신이 답답했을 거예요. 이 점으로 미루어볼 때 상사는 결코 사소한 일에 대해 시시콜콜 따지는 분이 아니라는 것을 알 수 있어요.

하지만 두 번째는 당신이 지나치게 민감하고 초조해하니 그렇게 말씀하신 것 같아요. 이때 '자네는 생각이 너무 많군'이라는 말은 당신의 행동을 책망하면서 일종의 경고를 한 것이라 볼 수 있죠. 상사는 당신이 남의 의중을 살피는 데 시간을 낭비하는 대신 마음을 가다듬고 일에 집중하기를 바라는 거예요. 아직은 당신을 중시한다는 거고요. 이번 일로 능력 있는 부하직원을 잃고 싶지 않으니 포용하여 다시 한 번 성장할 기회를 주고 싶은 거죠.

일부러 자신을 불필요한 곤경 속에 빠뜨릴 필요는 없어요. 지금은 압박감에서 벗어나 열심히 일하고 상사의 우려를 말끔히 씻어내는 게 중요한 것 같아요. 그리고 가벼운 마음으로 임해야 압박감에서 차츰 벗어날 수 있어요."

아내의 말을 듣고 그는 한참 동안 침묵을 지켰다. 곰곰이 생각해보니 아내가 분석한 내용이 맞는 것 같았다. 세상을 살다 보면 갈등이나 내키지 않은 일에 얽힐 때가 있다. 그러나 '생각이 너무 많으면' 더 큰 갈등을 초래할 뿐이다.

그날 이후 남자는 걱정하는 대신 진솔한 태도로 업무와 대인 관계에 임했다. 의혹이나 우려를 떨쳐내고 예민하게 굴지 않으니 사람들이 그를 긍정적으로 평가했으며, 업무도 탄탄대로를 달릴 수 있었다.

언제부턴가 "생각이 너무 많다"라는 말이 모든 상황에 쓰이는 만능 언어가 되었다. 특히 어떻게 반응해야 좋을지 모르는 상황에서 이 말은 여러모로 쓸모가 많다. 관심 없는 사람이나 무료한 질문을 하는 상대방에게 "생각이 너무 많군요"라는 한마디가 꼭 그렇다. 질문을 던진 사람에게 문제를 넘기면서 자신은 수준 높은 사람으로 보이게 할 수도 있으니, 그야말로 두 마리 토끼를 잡는 셈이다.

반면 어떤 의미에서 이 말은 남을 가르치거나 점잖게 꾸짖는 속뜻을 가질 수도 있다. 무엇보다 약점을 들추지 않고도 상대의 입을 다물게 하는 치명적인 무기가 되기도 한다.

대만의 터우청진頭城鎭에서 처음으로 패러글라이딩을 했다. 나는 세 번이나 활공을 시도했으나 모두 실패했다. 벼랑 끝까지 와서는 비명을 지르며 멈춰 서버렸다. 마지막 한 걸음을 떼지 못한 것이다.

나를 지도하던 코치는 무엇이 가장 무섭냐고 물었고, 나는 무서운 이유가 너무 많다고 대답했다. 보험을 얼마나 들었는지, 카메라가 떨어지지는 않는지, 안전하긴 한지, 죽은 사람은 없었는지, 내가 죽는 것은 아닌지…. 만일 다쳐서 불구가 된다면 더 고통스러울 것 같다. 부모님도 끝까지 보살펴드려야 한다. 아직 사랑하는 사람에게 고백하지 못했다 등….

그가 큰 소리로 웃으며 내 어깨를 토닥였다.

"생각이 너무 많군요."

"그럼 어떻게 하죠?"

나는 기가 죽어서 그를 쳐다보았다.

"아무것도 생각하지 마세요. 머리를 비우고 앞만 보세요. 푸른 하늘과 흰 구름, 바다를 보세요. 그리고 그것들을 향해 힘껏 달려가면 됩니다."

나는 10여 분 동안 복잡한 마음을 비워냈다. 그러고 나서 코치가 해준 말처럼 앞을 보며 죽어라 달려갔다. 창공으로 달려가는 순간 희열에 차서 소리를 질렀다.

강하지만 온화함을 잃지 않은 바람 소리가 곁에서 들려왔다. 숨결은 푸르름과 청량함 속에 녹아들었다. 머리 위에는 구름이 떠 있고 몸은 신선처럼 하늘을 날고 있었다. 바람에 날리는 머리카락 한 가닥 한 가닥이 말할 수 없이 가벼웠다. 모든 복잡한 망상들이 날아가버렸다. 그런 자극과 쾌감은 그동안 어디에서도 경험하지 못한 것이었다.

나는 마침내 그 말에 담긴 진리를 깨달았다. 이 말은 여러 가지 의미를 부여해 해석할 필요가 없다. 사실 그대로 받아들이면 된다. 때때로 우리는 정말 생각이 너무 많다.

❧

신념이 있다면
목표는 높게 잡아도 좋다

몇 년 전 처음으로 대만에 간 적이 있다. 그때 묵었던 호텔 근처에 닭갈비를 튀겨 파는 가게가 있었는데 아직도 그 맛을 잊을 수가 없다.

대만에 가본 적이 있는 사람들이라면 곳곳에 닭갈비를 튀겨 파는 크고 작은 상점들을 많이 봤을 것이다. 고소한 맛과 부드러운 식감, 가격까지 대부분 비슷비슷하다. 그러나 내가 갔던 가게는 그중에서도 단연 가장 맛있다고 자부한다.

주인은 얼굴 전체가 수염으로 뒤덮인 사내였다. 전형적인 대만 사람 말투와 부드러운 목소리에 성격도 좋았다. 그는 나를 보면 언제나 먼저 말을 걸었다. 또한 "우리 가게는 대만에서 가장 맛있는 닭튀김 집입니다"라는 말을 가장 많이 했다. 처음에는 그 말을 무심코 넘겼는데 곧 인정할 수밖에 없었다. 주인이 노트에 최근까지 새로 개발한 양념 비법을 빼곡히 써놓은 것을 봤기 때문이다. 거기에는 요즘 유행하는 바질로 양념하면 신선하지 않으며, 닭고기를 더 부드럽게 두들겨줘야 한다는 내용이 적혀 있었다. 주인은 이것을 늘 가게 직원들에게 당부했다.

"최소한 이 부근에 있는 상점의 닭튀김은 다 먹어봤어요. 그런데 이 집 닭튀김이 제일 맛있더군요. 날마다 장사가 잘되고 사람들이 많이 찾으니 기분이 좋으시겠어요."

내가 칭찬하자 그는 고마워하며 한마디 덧붙였다.

"이 정도로 만족하지 않습니다. 대만에서 가장 맛있는 닭튀김을 만들어야 하거든요."

몇 년이 지나고 대만에 다시 가게 되었을 때, 우연히 그때와 같은 호텔에 머물게 되었다. 나는 그 닭튀김 집이 생각나서 일부러 찾아갔다.

가게 앞 광경에 나는 깜짝 놀랄 수밖에 없었다. 사람들이 서있는 줄이 거리 입구까지 길게 이어져 있었기 때문이다. 그들은 손에 플라스틱 번호표를 쥐고 있었다. 그중 한 명을 붙잡고 무슨 줄이냐고 묻자 그가 대답했다.

"이 집 닭튀김이 워낙 맛있어서 몇 시간 동안 줄을 서지 않으면 살 수가 없답니다."

긴 줄을 따라가 보니 그 닭튀김 집 입구가 나왔다. 그사이 가게는 꽤 큰 규모로 확장했다. 깔끔하게 정돈된 가게 주변에는 닭튀김 냄새가 진동했다. 문 앞은 손님으로 북적거렸다.

주인은 나를 보더니 반가워하면서 갓 튀겨낸 고구마튀김을 서비스로 주었다. 사업 번창을 축하한다고 그에게 인사를 건네자 그가 껄껄 웃으며 답했다.

"아직도 부족합니다. 지금은 이 지역에서 가장 유명할 뿐이에요. 최종 목표를 이루려면 아직도 멀었어요."

그의 말투는 몇 년 전과 다름없었다. 닭튀김 한 봉지를 산 나는 그를 진심으로 축복해주었다. 행여 대만에서 가장 맛있는 닭튀김 집으로 성공하지 못해도 나는 그가 반드시 성공한 사업가가 될 것이라고 믿는다.

⁕

한 길거리 농구팀을 취재한 적이 있다. 선수 중에 키는 작았지만 똑똑하고 개성이 강한 친구가 있었다. 기자들은 모두 그를 좋아했다. 그가 우리와 이야기를 나누다 갑자기 내게 물었다.

"누나! 제 키가 더 자랄 것 같아요?"

나는 진지하게 그의 모습을 살펴보았다. 마르고 작은 체구였다. 키는 170센티미터 정도 되려나. 농구 선수 체격 조건으로는 적합하지 않았다. 게다가 그는 사춘기도 지나서 생리적 측면에서 볼 때도 더 자랄 것 같지 않았다. 하지만 차마 그에게 상처 줄 수가 없어서 최대한 돌려 말했다.

"키는 중요하지 않아. 영리하니까 앞으로 무슨 일을 해도 성공할 거야."

그가 고개를 저었다.

"전 틀림없이 더 자랄 거예요. 그리고 꼭 NBA에 들어가서 중국의 마이클 조던이 될래요."

나는 웃으며 그의 어깨를 토닥여주고 몇 마디 격려의 말을 해주었다.

인연이 있었는지, 몇 해 전 한 경기장에서 우리는 다시 만났다. 그는 나를 아직도 기억하고 반가워했다.

"누나! 오랜만이에요."

내 앞에 선 그는 키가 그대로였다. 그러나 이전과 다르게 허약해 보이지 않았다. 피부는 검게 그을려 건강미가 넘쳤다. 근육이 보기 좋게 잡혀서 힘이 느껴졌다. 온몸에서 남자다운 기운이 뿜어져 나왔다.

그는 내게 기쁜 소식을 전했다.

"이번에 시청 농구단에 입단했어요. 가족들이 매우 기뻐했죠"

나는 축하한다는 말과 함께 그를 놀렸다.

"아직도 NBA에 입단하고 싶어?"

그는 고개를 끄덕였다.

"네. 중국의 조던이 될 거예요."

내가 엄지손가락을 추켜올리자 그는 수줍게 웃었다.

물론 이성적으로 생각한다면 그 청년의 키는 더 자라지 못할 것이다. NBA에도 입단할 수 없을 것이고. 중국의 조던이 되는 것은 더욱 어려운 일이다. 그러나 그 순간 나는 그를 부정하고 싶지 않았다. 또한 그에게 찬란한 미래가 있다는 것도 분명히 알 수 있었다. 그가 말하는 것들이 결코 올라가지 못할 나무처럼 보이지 않았다. 그의 신념이 미래에 영향을 주어 묘한 결과를 만들어낼 것만 같았다.

언젠가 대학생들을 모아놓고 좌담회를 연 적이 있다. 나는 그들에게 한 가지 관점을 제시했다. "꿈은 반드시 실현될 가능성이 있다"라는 것이었다. 한 여학생이 일어나더니 반대 의견을 냈다.

"저는 동의하지 않아요. 최소한 저의 꿈은 실현될 수 없을 테니까요."

"어떤 꿈인데요?"

내가 묻자 그녀는 대담하게 그러나 담담히 말했다.

"저는 왕쓰충王思聰(중국의 부동산 재벌 기업인 다롄 완다 그룹 회장의 외아들이자 그룹 후계자.-역주)과 결혼하고 싶은데, 그건 불가능한걸요."

교실에 있던 모두가 웃었다. 나도 웃음을 참을 수 없었다. 한 남학생이 거들었다.

"버락 오바마의 뒤를 잇고 싶어요. 그것도 불가능하잖아요!"

교실은 더 큰 웃음소리로 가득했다. 나는 웃음소리가 잠잠해
지기를 기다렸다가 그 여학생에게 되물었다.

"학생은 전공이 뭐죠?"

"예술입니다."

"하지만 지금이라도 금융이나 경영학으로 바꾸는 것은 가능하
잖아요."

여학생은 눈만 껌벅이며 내 말의 의미를 이해하지 못했다. 나
는 이어서 말했다.

"학생이 왕쓰총과 결혼하고 싶다면 우선 그의 사업과 관련된
것부터 공부해야죠. 졸업하면 완다 그룹에 들어가서 노력하여
자신의 능력을 증명해 보이세요. 차츰 승진도 하겠죠? 그러면
그와 가까워질 수 있을 겁니다.

당신이 예쁘지 않다고 생각하면 방법을 찾아 자신을 아름답게
가꿀 수 있어요. 당신이 총명하지 않다면 공부를 열심히 해서 스
스로 똑똑해질 수 있고요. 지금 당신이 그 사람에게 매력적으로
다가가지 못한다면 그가 좋아하는 것이 무엇인지 열심히 연구하
여 그가 좋아하는 유형으로 자신을 바꾸면 됩니다."

나는 그 남학생에게도 말했다.

"학생이 오바마의 뒤를 잇고 싶으면 우선 영어를 잘해야 해요.

토플 시험을 통과하고 미국의 유명한 대학에 들어가 법학을 전공하는 겁니다. 졸업하고 나서는 미국에 남아 역량을 쌓으세요. 또 진로를 바꿔 정치에 입문해서 정책의 원활함과 선거에서 유권자의 지지와 표를 얻는 방법을 배우고….

물론 중국인으로서 애국하는 마음이 있다면 꼭 그렇게 하라고 권하지는 않겠어요. 하지만 오바마의 뒤를 잇고 싶다면 이 길밖에 없어요."

여학생은 입을 딱 벌렸으며, 남학생을 믿을 수 없다는 표정으로 말했다.

"다 옳은 말처럼 들리지만 그야말로 황당한 생각이네요. 그렇게 했는데도 성공하지 못한다면 어쩌죠?"

나는 미소를 지었다.

"정말 그 정도로 노력했다면 성공할 확률이 절반이더라도 최소한 왕쓰충 회장과 결혼할 기대를 품을 수 있고 오바마의 뒤를 이을 기대는 할 수 있잖아요?"

미국의 법사상가 올리버 웬들 홈스 2세Oliver Wendell Holmes Jr.는 이렇게 말했다.

"사람은 원하는 것을 얻을 수 있다. 그 욕망이 곧 운명을 이끌어줄 것이기 때문이다."

우리가 자라면서 받아왔던 교육은 대개 이런 것들이었다.

"젊을수록 현실을 직시해야 한다. 자신의 능력을 자만하고 덤

비다가는 큰 화를 당한다."

"자기 머리에 맞는 모자를 써라. 큰 모자를 쓰면 안 된다."

"올라가지 못할 나무는 쳐다보지도 말라. 뜻은 원대하나 운명이 따라주지 않는다."

그러나 그것들이 우리에게 가르쳐주지 않은 것이 있다. 세상물정 모르는 황당한 몽상을 실현하기는 어렵다. 하지만 현실에 안주하여 손에 닿을 목표만 세우는 삶이라고 해서 홀가분하거나 안락한 것도 아니란 점이다.

투지를 잃으면 몸에 비단옷을 두르고도 별 볼 일 없는 사람으로 전락한다. 평생 가장 후회되는 일은 실패가 아니라, 할 수 있었음에도 하지 않은 일이라는 사실을 죽을 때가 되어서야 비로소 깨닫게 될지도 모른다.

한 가지 일에 몰두하며 용기를 가지고 열심히 노력하는 사람들은 스스로 단련한 강인함과 능력만으로 상당한 고지에 오를 수 있다. 피라미드 꼭대기에 있는 소수의 성공한 사람들과 견주어도 뒤지지 않을 만큼 높은 곳에 올라설 것이며 평범하기 그지없는 대다수의 삶을 내려다보게 될 것이다.

꿈은 가지 끝에 달린 유일한 열매다. 너무 높아 오를 수 없을 것 같고, 그것을 따는 사람이 당신이 아닐 수도 있다. 그렇다고 스스로 전진하지 않고 안전한 곳에만 머물다가 나중에 후회할 것인가? 당신은 어떤 선택을 하겠는가?

달을 따겠다고 손을 뻗었으나 마음대로 안 될 수도 있다. 하지만 달 대신 별이나 밝은 등불을 딸 수도 있다. 중요한 것은 최소한 하늘은 당신의 손을 더럽히지 않는다는 점이다. 때로는 인생의 기준을 높게 잡아도 좋다. 그 또한 스스로 신념을 가지고 운명을 책임지려는 훌륭한 모습이다.

시작하지 않으면
날아오를 수도 없다

각종 사인회나 좌담회에서 나는 늘 같은 질문을 받는다. 그럴 때마다 나 역시 사람들에게 똑같이 답한다.

"저는 글재주가 있는 편인데 책을 낼 수 있을까요?"

"그럼요. 한번 써보세요."

이런 질문을 한 사람들이 최소한 20명은 넘었던 것으로 기억한다. 그러나 유감스럽게도 그들이 책을 냈다는 소식은 듣지 못했다. 그중 가장 결연한 태도를 보인 몇 명에게는 책을 낼 원고를 다 썼냐고 물어보기도 했다. 단 몇 편이라도 말이다. 하지만 그들은 우물쭈물할 뿐 제대로 대답하지 못했다.

"일 때문에 너무 피곤해서 집중해 쓸 여력이 없어요."

"쓰고는 싶은데 뭘 써야 할지 모르겠어요. 아이디어를 좀 주시겠어요?"

"몇 줄 썼다가 바빠서 잊었어요. 회사를 그만두고 쓰는 일에만 전념하면 분명히 가능할 텐데…."

그럴 때마다 나는 어쩔 수 없이 웃어넘기고 만다. 그 후로도 이런 질문을 하는 사람들에게 나는 늘 같은 대답을 해왔다.

"가능합니다. 시작해보세요."

역시나 지금까지도 이를 실천한 사람은 찾아보기 어렵다.

책이 잘 팔리고 안 팔리고는 시장에 맡길 일이다. 책에 대한 평가가 좋고 나쁘고 역시 독자가 평가하기에 달려 있다. 작가가 많은 작품을 쓰고 유명해지느냐도 미지수다.

그러나 일단 글을 쓰기 시작해야 이 모든 상황이 일어날 수 있으며 최종 결과를 받아들일 자격 또한 생긴다. 너무나 많은 사람이 자신의 운명을 모르는 상황에서 '시작'할 엄두를 내지 못하고 있다. 그리고 삶을 마칠 때까지 한 걸음도 나아가지 못한다.

———— ⚜ ————

위층에 사는 부부는 사이가 좋지 않다. 날마다 부부 싸움 하는 소리가 다 들릴 정도다.

어느 날 집을 나서는데 위층에서 대야가 날아와 하마터면 머리에 맞을 뻔했다. 나는 화가 머리끝까지 치밀어 따져 물으러 그 집에 찾아갔다.

문이 열리자마자 남자가 튀어나오더니 욕설을 하면서 뛰쳐나가 버렸다. 여자는 문 앞에 서서 눈물과 콧물을 흘리며 울고 있었다. 나를 보더니 구세주라도 만난 듯 체면 불고하고 큰 소리로 남편의 험담을 늘어놓았다. 남편이 외도하고 가정 폭력을 행사하며 그녀의 돈까지 훔쳐가는 등 악랄하게 굴었다는 것이다.

나는 무력함을 느끼며 말했다.

"이렇게 싸우며 산 지가 벌써 2년이 다 되어 가는데 왜 헤어지지 않고 살죠?"

그녀는 훌쩍이며 《상림수》(루쉰의 소설 《축복》을 각색한 극본, 주인공 상림수가 말을 반복하는 습관이 있다.-역주)의 주인공처럼 반복해서 말했다.

"맞아! 이혼해야지! 바꿔야 해!"

그녀는 나를 소파에 앉게 하더니 자신의 아름다운 미래에 대해 이야기했다.

몇 마디 말을 나눠보니 뜻밖에도 그녀가 재주 많은 여성이라는 사실을 알게 되었다. 결혼하고 나서 손을 떼긴 했지만 피아노 실력이 수준급이었다. 만화도 그린 적이 있으며 다도와 도자기에도 조예가 깊었다. 그녀는 앞으로 피아노 연주도 다시 시작하고 만화책도 다시 내고 다도 교실도 운영할 것이라고 했다. 물론 그녀와 뜻이 통하고 그녀를 사랑해주는 좋은 남자를 만나면 더 완벽할 것이다.

마지막으로 그녀는 결론을 냈다.

"나는 잘 살 거야!"

나는 '잘 사는' 문제가 개인의 노력만으로 좌우된다고 생각하지는 않지만 지금보다 나빠지기야 하겠느냐고 그녀를 위로했다. 그녀는 내 말에 깊이 공감했다. 그러고 나서 나에게 하는 말인지 자신에게 하는 말인지 알 수 없는 말투로 맹세했다.

"그래 이혼하는 거야. 내일 당장 이혼이다!"

그 일이 있은 지 벌써 1년 반이 지났다. 퇴근해 집에 돌아오면 어김없이 위층 부부의 싸움 소리가 들린다.

우연히 엘리베이터에서 윗집 여자를 만났다. 그녀는 초췌한 얼굴을 하고서 연신 기침을 해댔다. 금방이라도 쓰러질 것 같았다. 나는 그녀와 가벼운 눈인사를 나눈 다음 더는 이혼 문제를 거론하지 않았다. 그녀가 장담하던 모습이 아직도 어제 일처럼 생생하다. 그녀에게 다시 권하면 그녀는 여전히 결연하게 대답할 것이다.

"난 잘 살 거야!"

그녀가 언젠가는 이혼합의서에 자신의 이름을 쓸지도 모른다. 다만 그전에 어떻게 '살아갈지'를 먼저 생각하고 '잘 사는 것'에 대한 구체적인 내용은 그다음에 말하는 것이 어떨까!

얼마 전 잡지사의 요청으로 남아프리카를 탐방한 적이 있다. 그곳의 풍경은 정말 아름다웠으나 치안 상황은 자타가 공인할 정도로 엉망이었다. 날이 어두워지면 길거리를 돌아다니는 사람이 드물었다. 어쩌다가 차를 타고 상가 거리를 지나칠 때에는 담 모퉁이에 불량한 차림을 한 흑인들이 몰려 있는 것을 심심찮게 발견할 수 있었다. 운전기사의 설명에 따르면 그들은 낮에는 구걸하고 밤에는 마약을 하거나 불법 행위를 저지른다고 했다. 듣기만 해도 털이 쭈뼛 서고 등골이 오싹해졌다.

우리는 잡지사 측의 배려로 시설 좋은 숙소에 머물게 되었다. 그러나 그 호텔이 있는 거리는 날마다 소방차나 경찰차가 출동하는 등 조용할 날이 없었다. 심지어 한 여자가 길가에 쓰러져 피를 흘리며 신음하는 장면도 볼 수 있었다. 우리는 놀라서 호텔로 뛰어 들어갔다. 저녁 식사로 먹으려던 햄버거를 사러 나갈 엄두가 나지 않았다.

다행히 숙소 주변에 해산물 레스토랑이 있었는데 음식이 맛있었다. 주인이 화교라서 우리는 그와 급격히 친해졌다. 그날 저녁도 그가 음식을 배달해주었다. 그에게 "왜 하필이면 이렇게 치안이 좋지 않은 곳에 식당을 냈느냐"라고 물으니 그는 "살기 위해서"라고 답했다. 이 거리의 사람들이 불량하지만 장사가 잘된다는 것이다.

나는 호기심이 발동했다. 우리가 그곳에 머무르는 동안 그의 식당에서는 어떠한 소란이나 치안 사건도 발생하지 않고 상당히 평온했기 때문이다. 나는 그 비결을 물어보았다. 그는 잠시 생각하더니 "도발하는 거죠"라고 답했다.

'도발'이라니, 내 귀를 의심케 하는 답변이었다. 누구를 도발한다는 말인가? 좀도둑과 강도? 아니면 자릿세를 뜯어가는 불량배들? 어쨌든 소란을 자초하는 무모한 행위 아닌가?

놀라는 나의 반응에 그는 씁쓸하게 웃었다.

"맞아요. 도발입니다."

식당을 낼 때만 해도 그는 두려웠다고 했다. 가게에 도둑이 들거나 소란에 휩싸일까 봐 전전긍긍이었고 장사를 할 때도 마음을 놓을 수가 없었다. 중국의 유명한 우스갯소리로 표현하자면 "위층에서 구두 한 짝이 떨어졌는데 남은 한 짝이 언제 떨어질지 몰라 잠을 못 이뤘다." 그만큼 그는 마음을 놓을 수 없었다.

그러던 어느 날, 그는 갑자기 생각을 바꿨다. 산이 내게 오지 않으면 내가 산에 간다는 식이었다. 그는 핑곗거리를 만들어 거리의 불량배들에게 찾아가 일부러 시비를 걸고 그들이 자신의 식당에 찾아와 행패를 부리면 돈 몇 푼을 쥐어주고 이를 해결했다. 걸인이 식당에 찾아오면 그는 일부러 돈을 주지 않고 그들이 어느 정도로 행패를 부리는지 살펴보았다.

그는 비틀거리며 걷는 마약 중독자들을 향해 휘파람을 불었다. 그들이 몰려와 식당 유리문을 깨뜨리자 그는 의자를 들고 쫓아나가 혼자서 셋을 상대했다. 마지막에는 바닥에 내동댕이 쳐지고 맞아서 얼굴 전체가 퍼렇게 멍이 들었다. 그는 식당에서 자면서 총 두 자루와 칼 한 자루를 옆에 두고 다짐했다.

'푼돈을 달라고 하면 주자. 하지만 목숨은 하나뿐이다.'

그의 말에 나는 웃어야 할지 울어야 할지 몰랐다. 죽기 살기로 덤빈 정신은 마치 황당한 코미디 같았다. 그러나 그는 웃지 않았다.

"제가 바보 같다고 생각하겠지만 사실 전 가장 빠르게 정면 돌파를 한 겁니다. 좀도둑과 강도의 패턴을 알게 되었으니까요. 최소한 얼마를 주어야 그들이 행패 부리지 않는지 알게 되었고, 정기적으로 그에 걸맞은 보상했습니다. 그 대가로 그들은 나를 해치지 않았고 저는 손님들을 뺏기지 않았죠.

걸인들과도 묵계를 맺었습니다. 마약중독자, 거리의 불량배들과 충돌하면서 죽기 살기로 덤비자 오히려 그들은 내가 만만찮은 상대라는 것을 알고 더는 소동을 부리지 않았습니다."

아이러니하게도 경찰에 신고하는 횟수가 잦아지면서 그는 경찰과도 친해졌다고 했다. 그들이 그의 가게 근처를 순찰할 때마다 그의 식당을 더 집중해서 살펴주니 지내기가 훨씬 수월해졌다. 그는 이렇게 덧붙였다.

"만약 제가 먼저 나서지 않았다면 이곳에서 자리 잡고 장사할 수 없었을 겁니다. 우물쭈물하는 시간이 길어질수록 손해는 더 많이 봤을 테고요"

시작했기에 대응할 방법을 찾을 수 있었고 점차 손해 본 돈도 채우게 되었다. 지혜로운 사람은 결과를 두려워하지 않는다. 두려운 것은 언제까지나 시작하지 못하는 것이다.

《장지정인藏地情人》(중국 베스트셀러 저자이자 방송 진행자인 리 레이李蕾가 쓴 로맨스 소설.-역주)에 이런 말이 나온다.

"소망을 이루겠다고 결심하면 방법은 있다. 그러나 대다수 사람들은 소망이 현실로 바뀌는 환희를 평생 맛보지 못한다. 사람들은 돈과 시간이 없어서, 소망도 없고 이겨낼 결심도 없다고 핑계를 댄다. 그러고 나서 정말 아무것도 남지 않을 때까지 이런 말만 반복한다."

모든 종착점은 그곳으로 통하는 길이 존재한다. 도중에 길이 험하냐고 묻지 마라. 그것은 모두 나중에 겪게 될 일이다. 첫걸음을 떼지 않으면 목적지에 도착할 자격이 없다.

물론 쉽게 갈 수는 없다. 길을 걷다 보면 굳은 의지와 노력에도 불구하고 굶주림과 고통을 감내해야 할 때가 올 테니까. 하지만 이런 과정을 조금씩 극복하다 보면 마침내 지금까지 할 수 없었던 일을 어느 순간 할 수 있게 된다.

천국은 닿을 수 없는 곳에 있다. 하지만 스스로 천국으로 향하는 계단을 놓아야겠다고 생각해본 적은 없는가?

그 첫걸음은 일단 시작하는 것이다.

제5장

견뎌온 순간들이
찬란한 삶으로
완성되는
시간

소중한 것을
누릴 자격

어느 날 남성 독자에게 편지 한 통을 받았다. 네 차례 결혼했으나 결국은 모두 헤어졌다는, 길고도 슬픈 이야기였다. 그의 술회를 통해 그가 느낀 배신감과 상처의 고통을 고스란히 느낄 수 있었다. 그는 이 모든 일이 자신을 절망에 빠지게 하여 더는 여자를 믿을 수 없게 됐다고 말했다. 그는 마지막을 이렇게 맺었다.

"세상에 완벽한 아내와 행복한 결혼이란 존재하지 않는 것 같습니다. 행복이란 그저 각종 불행을 인내하는 것 아닐까요? 영원한 행복이란 좀 더 오래 인내하는 것에 불과한 거죠."

편지를 다 읽고 나자 불현듯 샤오모曉墨라는 여성이 생각났다.

샤오모는 아름답고 영리했다. 가정 형편도 좋아서 어릴 때는 부모의 귀여움을 독차지하며 고생 한 번 하지 않고 자랐다. 그리고 그녀는 대학을 졸업하자마자 결혼했다.

그녀의 남편에 대해 알게 된 주변 사람들은 매우 놀랐다. 그는 농촌 출신의 전역 군인이었다. 그녀의 친구들은 그를 '10무無 남자'라고 불렀다. 차, 집, 예금, 학력, 외모, 직업, 높은 신분, 말재주, 배경, 전망이 전혀 없는 사람이라는 의미다.

그러나 샤오모가 그 남자가 아니면 안 된다며 고집을 부리자 부모는 할 수 없이 결혼을 허락했다. 사람들이 예상한 대로 결혼 후 한참 동안 그녀의 남편은 직업을 구하지 못했으며, 어찌어찌 해서 컴퓨터 상가의 운반공으로 일하게 되었다. 수입이 낮으니 집안 살림은 샤오모의 수입에 의존했다.

가난한 부부의 모든 일이 여의치 않을 거라고 생각한 사람들은 두 사람이 오래 못가 헤어질 거라고 예상했다. 그러나 결혼한 지 3년이 지나 뜻밖에도 그는 임시 운반공에서 컴퓨터 상가의 운송부 책임자가 되어 월급도 1만 위안 이상 올랐다. 그사이 샤오모는 임신했고, 두 사람은 기쁜 마음으로 대출을 받아 학군이 좋은 곳에 집을 샀다.

나는 가끔 샤오모의 집에 놀러 갔는데, 두 사람이 사는 모습은 내게 많은 것을 느끼게 했다. 대부분 사람들은 샤오모의 조건 정도면 그녀가 집안에서 남편을 휘어잡을 거라고 짐작할 것이다. 그러나 내가 본 샤오모는 마치 온순한 종달새 같았다. 남편이 몇 시에 귀가하든 그녀는 언제나 즐겁게 맞아주었다.

"여보 이제 오세요? 피곤하죠?"

감미롭지는 않았지만 활기차고 꾸밈없는, 사랑스러운 아내였다. 남편을 대할 때도 평등했다. 오히려 그녀의 남편이 더 말이 없어서 샤오모가 열 마디 하면 가끔 "응"이라고 한 마디 하는 것이 고작이었다. 그러나 옆에서 보면 그는 샤오모가 생글거리며 하는 말에 점점 녹아들었다.

샤오모는 전형적인 현모양처는 아니었다. 몇 가지 요리를 할 줄은 알지만 솜씨가 그다지 좋은 편은 아니었다. 그래서 대부분 외식하거나 남편이 요리했다. 그때마다 샤오모는 무엇을 먹든 잘 웃었다. 재미있는 이야기를 하거나 남편의 음식이 맛있다고 칭찬했다. 그녀가 있으면 집안 분위기는 늘 화기애애했다.

한번은 그녀의 시부모님이 갑자기 베이징에 왔다. 그때 샤오모는 중요한 출장 일정이 있었는데, 그 프로젝트만 성사되면 거액의 인센티브를 받기로 되어 있었다. 그러나 그녀는 시부모님이 왔다는 말에 두말하지 않고 출장 기회를 반납했다. 그 대신 시부모님을 모시고 다니며 천안문과 자금성을 보여드렸다.

남편의 동료들도 모두 그녀를 좋아했다. 남자들의 모임에 아내가 참석하면 꺼리는데 샤오모는 예외였다. 그들은 모일 때마다 샤오모를 불러냈다. 그녀가 있어야 자리가 떠들썩하고 재미있다는 이유에서였다.

하루는 나와 다른 친구들이 궁금한 나머지 샤오모의 남편에게 임시 운반공에서 정식 책임자로 승진한 비결을 물었다. 누구보다 열심히 일해서 성공했다는 감동 스토리를 기대한 우리에게 그의 대답은 뜻밖이었다.

"나는 샤오모와 살면서 한 번도 다퉈본 적이 없습니다. 매일 기분이 좋으니 골치 아픈 일은 바로 잊어버렸죠. 집안이 편하니까 오롯이 일에만 집중할 수 있었습니다. 다른 사람보다 많이, 오래 열심히 일하다 보니 자연스럽게 승진하게 되더군요."

그가 말할 때마다 샤오모는 옆에 앉아 반달눈을 하고서 미소를 지었다. 그리고 이렇게 말했다.

"여보. 칭찬해줘서 고마워요. 앞으로도 더 잘할게요!"

이 부부가 오랜 시간 잘 지낼 수 있는 것은 결혼이나 사랑이란 관념을 믿어서라기보다 샤오모에 대한 믿음 때문인 것 같다. 이런 여자와 함께 살면 불행해지는 것이 더 어려운 일이다. 이 세상에 좋은 사랑, 좋은 배우자, 좋은 결혼이 없는 것은 아니다. 아직 만나지 않았거나 만났지만 제대로 관리하지 않았을 뿐이다. 모든 비극과 실망, 자포자기는 '만나지 않은' 것과 '하지 않은' 것에 대한 무력감의 표출일 뿐이다.

───※───

언젠가 소년원에 취재를 간 적이 있다. 그곳에서 한 소년을 만나 이야기를 나누었다. 그의 표정은 냉담함과 경멸로 차 있었다.

"나는 세상 모든 사람이 이기적이라고 생각해요. 내 부모님을 포함해서요."

"왜 그렇게 생각해?"

"부모님도 사람이니까 당연히 자신이 먼저고 자식인 나는 뒷전인 거죠. 그걸 원망할 수는 없어요."

얼굴에 어린 티가 밴 그는 '철든' 모습을 보여주고자 기를 썼다. 나는 나중에 다른 소년들에게서 그의 이야기를 들을 수 있었다.

그가 어릴 때 그의 부모는 이혼했다. 그는 어머니와 함께 살았는데, 그의 어머니는 인색하고 이기적인 사람이었다. 가령 외할머니가 그에게 주려고 고기반찬 몇 점을 감춰놓으면 그의 어머니가 그 고기를 찾아 먹어버리는 식이었다.

그가 소년원에 들어온 사정도 대강 들었다. 친구와 싸워서 상대를 다치게 했는데, 친구의 부모는 아이들끼리 싸운 것이니 치료비만 배상하면 합의해주겠다고 말했다. 그러자 그의 어머니는 숨어버렸고 피해자 부모는 그의 아버지를 어렵게 찾아냈다. 그런데 아버지는 술집에서 여자와 유흥을 즐기고 있었고, 찾아간 사람에게는 욕을 하며 쫓아버렸다. 피해자 부모는 화가 나서 학교에 이 일을 고발했고 그는 그렇게 해서 소년원에 들어오게 된 것이다.

사정을 듣고 나니 말할 수 없이 마음이 씁쓸하고 무거웠다. 나는 고심한 끝에 소년에게 말했다.

"내가 이야기 하나 해줄게."

나는 소년에게 중국의 베테랑 여가수 한홍韓紅이 부른 '천량료

天亮了(자식에 대한 부모의 사랑과 희생을 통해 희망을 전하는 노래.-역
주)'의 뒷이야기를 들려주었다.

그 노래에는 케이블카가 떨어지는 순간에 딸을 들어 올려 살
렸다는 어느 부모의 이야기, 쓰촨 대지진 때 한 어머니가 아이를
살리려 자신의 몸으로 아이를 감싸 안은 이야기, 아버지가 먼 길
을 떠나는 딸을 보호하고자 계속 뒤따라가는 이야기 등이 담겨
있었다.

그는 조용히 이야기를 들었다.

"세상 부모가 다 이기적인 것은 아니야. 네가 아직 어리고 헌
신하는 부모를 만나지 못했을 뿐이지. 하지만 괜찮아. 그게 꼭
네게 손해는 아니니까. 반대로 너는 네 아이에게 어떻게 해야 하
는지 알았고, 부모가 이기적이면 아이가 무엇을 잃는지를 알았
잖아."

나는 그의 표정이 조금씩 누그러지는 것을 보았다. 내 말을 귀
담아들은 것이 분명했다. 그곳을 떠날 때 그를 꼭 안아주었다.
그는 내 귀에 대고 작은 소리로 물었다.

"헌신은 어떻게 배워야 하죠?"

나도 작은 소리로 대답해주었다.

"너를 헌신적으로 사랑해주는 사람을 만나면 돼."

나는 그 소년이 틀림없이 그런 사람을 만날 것이라고 믿는다.
그의 삶은 아직도 많이 남았으니까. 언젠가 사랑과 헌신을 가르
쳐주는 사람을 만나게 될 것이다.

지난달 집에서 옷 정리를 하다가 구석에서 오랫동안 입지 않고 넣어뒀던 외투를 발견했다. 안타깝게도 옷에는 곰팡이가 피었다.

"깨끗하게 보관했는데 어떻게 곰팡이가 슬었을까?"

나의 불평에 엄마가 말씀하셨다.

"잘 보관해도 햇볕을 받지 않으면 곰팡이가 슨단다."

모든 사람의 마음에는 곰팡이 슨 외투가 한 벌씩 있다. 그것은 부식된 사랑일 수도 있고, 냉담한 가족일 수도 있으며 금이 간 우정일 수도 있다. 또한 그것들에 곰팡이가 슨 것은 너무 오랫동안 어둡고 축축한 구석에 처박아두고 햇볕을 쬐어주지 않아서다.

시간이 지나면 '부식'은 '부패'로 변하고 '냉담함'은 '냉동'으로 변하며, '금이 간 것'은 '파멸'로 변한다. 그러다가 끝내 돌이킬 수 없게 되면 쓸쓸하고 슬프지만 버려야 한다. 가질 자격이 없어서가 아니라 자신에게 새로운 자격을 부여할 가능성이 얼마나 큰지 살펴보지 않아서다. 떳떳하게 드러내야 한다. 검은 구름이 언제까지나 해를 가리고 있진 않을 테니까. 숨는다면 곰팡이가 피는 결과만 있을 뿐이다.

아무 어려운 큐브도 기껏해야 스무 번이라는 '신의 수God's number' 안에서 돌리면 모두 맞출 수 있다. 순두부가 모두 짠 것은 아니며, 두유가 모두 단맛은 아니다. 장미가 모두 빨간색은 아니며, 수박이라고 다 씨가 있는 것도 아니다. 남자라고 모두 여색을 밝히는 것은 아니며, 여자가 모두 까탈스러운 것은 아니다. 모든 부모가 엄격한 것은 아니며 모든 친구가 배반하는 것은 아니다.

어쩌면 바로 다음 사람, 다음 사건, 다음 순간 새로운 세상으로 나가는 문이 활짝 열려 있을지도 모른다. 그때가 되어야 비로소 우리는 다른 인생을 어떻게 살아가야 할지 알 수 있을 것이다. '알고 보니 이렇게 살아도 되는구나'라고. 발길을 멈추면 신선하고 풍부한 세상에서 자신에게 적합한 지점이 어디인지 찾을 수 있다.

절망할 것 없다. 그치지 않는 장마철은 없는 법이다. 비가 그치면 그저 오랜만에 맞이한 화창한 날을 즐기면 된다.

강물은 깊을수록
느리게 흐른다

처음 사진을 배울 때 도무지 실력이 늘지 않아 고민이었다. 최고급 DSLR 카메라로 찍어도 선생님이 쓰는 초보자용 미러리스 카메라로 찍은 사진만 못한 것이 못내 속상했다. 어떻게 하면 사진을 잘 찍을 수 있는지 질문하자 선생님은 이렇게 말했다.

"기술에는 문제가 없어요."

"그럼 어떻게 해야 하죠?"

나의 질문에 선생님은 잠시 생각하더니 말했다.

"디지털카메라를 필름 카메라로 바꿔 봐요."

역시 경험 많은 사람은 다르다는 생각이 들었다. 필름 카메라로 촬영한 사진의 색채와 질감이 훨씬 낫다는 말을 자주 듣던 차였다.

나는 필름 카메라로 바꿔서 사용했다. 두 달 동안 시험해보니 과연 이전보다 실력이 훨씬 나아진 듯했다. 선생님을 찾아가 감사하다고 인사했다.

선생님은 내 작품을 보더니 웃음을 참지 못했다.

"과연 꽤 발전했군요. 하지만 질감의 미세한 차이를 제외하면 실력은 카메라와 큰 상관이 없어요."

나는 작품을 받아들고 의심의 눈초리로 자세히 살펴보았다. 사실 선생님이 한 이야기에 공감은 되었다. 나 역시 카메라를 바꾼다고 실력이 확 느는 건 아니라고 생각했기 때문이다. 하지만 분명히 실력이 늘긴 늘었다. 이유가 뭘까?

선생님이 내게 물었다.

"필름 값이 비싸죠?"

나는 동조하는 표정으로 대답을 대신했다. 코닥이 도산하고 나서 필름 가격은 천정부지로 솟았다.

"알다시피 필름 카메라는 셔터 한 번 누를 때마다 돈을 버리는 것이나 마찬가지예요. 그래서 자신도 모르는 사이에 신중하게 되고 구도도 까다롭게 잡는 거죠. 좋은 작품이 나올 수밖에 없어요.

반면 디지털카메라는 아무리 많이 찍어도 부담이 없잖아요. 그 많은 사진 중 한 장은 쓸모가 있을 거라고 생각하고 찍으니 어떻게 진정한 예술 작품을 찍을 수 있겠어요?

새를 찍겠다고 늪에 쪼그려 앉은 채 몇 달을 기다려 겨우 한 장을 건지는 사진가에 비하면 우리는 셔터를 너무 쉽게 누르는 경향이 있어요."

선생님은 카메라로 먼 곳을 바라보면서도 한참 동안 셔터를 누르지 않았다.

"천천히 해야 마음이 안정되고 그래야 가장 좋은 각도와 풍경을 발견할 수 있답니다."

직장에 처음 들어갔을 때 일이다.

사장님은 매주 월요일 회의 시간에 직원들에게 임무를 배정했다. 젊고 기운이 왕성한 시기이고 능력이 있다고 자부하던 나는 월요일에 일을 배정받으면 밤샘 작업까지 불사하여 마무리한 다음 화요일 오전에 여유 있게 제출했다. 스스로 일을 잘하고 지혜가 넘친다고 생각했다.

그런데 한 가지 이상한 점은 경력이 오래된 선배들은 언제나 꾸물거리다가 금요일이 되어서야 보고서를 제출하는 것이었다. 사장님 앞에서는 숨을 몰아쉬며 초췌한 얼굴로 말하는 것도 잊지 않았다.

"많은 자료를 뒤졌으나 일부 데이터는 아직 확인이 안 되어 좀 늦어졌습니다. 죄송합니다."

"업무가 너무 많아서요. 다행히 시간에 겨우 맞춰 끝냈습니다. 잘못된 부분은 지적해주십시오."

그들의 난색을 띤 얼굴을 보니 나까지 이마가 찌푸려졌다. 그러면서도 그들보다 내가 우월하다는 생각에 내심 우쭐해졌다.

그런데 몇 주가 지나자 은연중에 심상치 않은 분위기를 느꼈다. 회의 때마다 사장님이 칭찬하는 사람들은 금요일에 겨우 일을 마친 몇몇 사람들이었다.

작품이 그다지 훌륭하지도 않은데 사장님은 "며칠 밤을 새우면서 준비하느라 애썼네" "열심히 했군. 내용도 충분히 준비했고 말이네"라며 칭찬을 아끼지 않았다.

일찌감치 일을 끝낸 나는 한 번도 칭찬받지 못했다. 게다가 나는 늘 추가로 업무를 배정받았는데, 그때마다 사장님은 "자네는 일을 빨리하니 능력 있는 사람이 좀 더 수고해주게"라고 말했다.

시간이 좀 지나면서 나는 마음씨 좋은 선배에게 충고를 듣게 되었다. 그리고 그제야 그 안에 담긴 깊은 뜻을 깨닫게 되었다. 사장님은 선생님이 아니다. 숙제를 일찍 제출하는 것은 학생일 때나 좋게 평가받는 것이다. 사회에서 속도가 빠르다는 것은 어설프고 대충대충 하는 것으로 인식될 때가 많다.

도리어 가장 늦게 업무를 끝내는 사람은 더 심사숙고하는 사람, 더 신뢰가 가는 사람으로 비춰진다. 이때 가장 중요한 것은 성과 여부와 관계없이 '충분히 느린' 속도로 성의를 다했음을 보여주는 것이다.

이러한 태도는 많은 상사에게 그들을 존중하고 있다는 뜻으로 비춰져 안도감을 준다. 나 같은 풋내기는 죽도록 열심히 일하고도 인정받지 못하며, 게다가 자기가 할 일도 아닌 추가 업무까지 더하게 된다는 것이다. 나중에 생각해보니 나는 정말 바보였다.

업무와 관련해 또 한 가지 곤혹을 치른 것은 사람과 사람 사이의 관계에 관한 것이었다. 당시 나는 많은 고객에게 제품을 홍보하는 일을 했다. 나와 새로 들어온 인턴 몇 명은 상담을 앞두고 열심히 준비했다. 심지어 거울을 보고 해야 할 말까지 연습했다. 그러나 성공률은 그다지 높지 않았다.

나에게 충고해줬던 그 마음씨 좋은 선배가 내 옆에서 고객과 이야기하는 모습을 지켜보았다. 고객이 돌아가자마자 나는 그 선배에게 물었다.

"방금 말한 것 중에 빠뜨리거나 잘못 전달한 부분은 없었나요? 혹시라도 소극적으로 보이지는 않았어요? 고객은 구매 의향이 별로 없는 것 같은데 그건 왜 그런 걸까요? 아무래도 제가 제대로 한 것 같지 않아요."

그는 잠시 생각하더니 나에게 한 가지 묘안을 알려주었다.

"다음에 고객을 만날 때는 말을 좀 느리게 해 봐."

나는 이해가 가지 않았지만 그는 반드시 그렇게 해야 한다고 했다. 별수 없이 선배가 지시한 대로 다음번 상담할 때는 천천히 말했다. 그리고 기적처럼 나는 계약을 성사시켰다.

겪어봐야만 그 느낌을 알 수 있다. 계약서에 서명하는 그 순간, 나는 선배의 말에 담긴 진정한 의미를 깨달을 수 있었다.

말하는 속도를 늦추면 상대는 더 분명하게 듣고 말의 의미를 분석한다. 물건을 파는 사람은 상품의 정보를 빠르게 전달하려고만 하는데 이때 한 가지 간과하는 것이 있다. 아무런 정보도 없는 상태에서 그 상품에 대해 이해하려면 고객에게 충분한 시간이 필요하다는 점이다.

동작을 느리게 하면 자신의 우아함과 자신감을 충분히 보여줄 수 있다. 경험이 없는 사람들은 어수선하고 반복적인 손짓을 해가면서 한참 말을 늘어놓기 일쑤다. 상대까지 정신없게 하며 심지어 반감을 사게 된다.

대답을 늦게 하는 것은 '보고서 제출 사건'의 효과와 비슷하다. 상대는 당신이 심사숙고하여 도출한 답안이라고 여길 테고 당신이 성숙하고 침착하며 책임감마저 투철한 협력자라고 생각해 신뢰할 것이다.

반응을 늦게 하는 것은 기묘한 원리이다. 특히 결정적인 순간에는 효과를 배가하기도 한다. 가격을 제시한 다음 상대방의 눈을 보며 침묵하라. 상대가 먼저 타협을 시도할 것이다. 황당하게 들리겠지만 반응을 늦게 하는 행동은 마법처럼 신비한 힘을 가지고 있어서 매우 효과적이다.

물론 '느림'의 미학이 모든 일에 통하는 것은 아니다. 그러나 적절히 사용한다면 예상한 것보다 큰 효과를 볼 수 있다. 특히 '느림'의 장점은 실수할 가능성을 많이 줄여준다는 점이다. 최소한 일이 끝나고 그때를 되돌아볼 때, 이마를 치며 '어떻게 그런 어처구니없는 실수를 저질렀을까? 좀 더 생각한 다음에 입을 열었다면 좋았을 것을!'이라고 자신을 원망하지는 않을 것이다.

물이 깊으면 흐르는 속도가 느리고, 말이 느리면 사람이 귀해진다.

'느림'은 결코 이 사회가 제창하는 법칙이 아니다. 대부분 '손이 빠른 사람'은 있어도 '손이 느린 사람'은 없지 않나.

사람들은 도시를 바쁘게 오가며 한순간도 멈춰 서거나 쉬려고 하지 않는다. 차가 막혀서 5분만 늦어도 참지 못하고 욕하거나 미친 듯이 경적을 울린다. 그러다가 신호등을 위반하거나 가드레일을 넘어 다니거나 끼어든다. 다 시간을 절약하기 위해서다. 공중도덕을 지키는 문제는 뒷전이다.

인터넷에서 내용이 충실한 글을 읽다가도 글이 좀 길어진다 싶으면 참지 못하고 "너무 길어서 다 못 읽겠다"라고 댓글을 남긴다. 비행기 출발이 늦어진다고 하면 화를 내며 심지어 폭력을 행사한다.

음식점 종업원이 주문을 받으면서 특별히 가리는 것이 있냐고 물으면 농담 삼아 "음식이 늦게 나오지만 않으면 괜찮아요"라고 말하는 것이 습관이 되어버렸다. 많은 사람이 '느림'의 조화로운 경지를 잊고 사는 것 같다.

남녀 사이에도 처음 만날 때부터 서로 알아가며 사랑하게 되기까지 낭만적인 감정과 시가 있다. 처음에는 어색해하다가 수줍게 다가가고, 가슴 두근대며 말했다가 거절당할까 봐 걱정하고, 마음과는 달리 말을 꺼내지 못하고, 그 반대로 거절해야지 했다가 다가가는….

이 모든 것은 느리게 지나가는 시간 속에서만 조금씩 조금씩 느낄 수 있는 것들이다. 만나자마자 서로 조건이 맞는지 확인하고 급히 결혼하는 남녀는 절대로 이런 느낌을 경험할 수 없다.

사골 국물도 오랫동안 끓여야 고소한 맛이 오래 남는 것처럼 친구들 사이의 우정도 마찬가지다. 처음 만난 사람에게 마음을 털어놓고 집안 내력까지 모조리 이야기하는 사람들은 나중에 혼자 상처를 입고 자신은 운이 좋지 않아서 인덕이 없다고 푸념한다. 시간을 두고 관찰하며 서서히 털어놓는 것이 자신과 상대 모두에게 책임감 있는 행동이다.

돈을 버는 것도 느리게 해야 한다. 돈과 재물은 사람의 마음을 유혹하며 판단력을 흐트러뜨리고 득의양양하게 하며, 불의의 재앙을 유발한다.

승진도 천천히 해야 한다. 안정적인 기반 없이 높은 자리에 오르면 적이 많고 시비에 휘말리기 쉽다.

학습도 천천히 해야 한다. '심학心學'의 창시자이자 남송南宋의 사상가인 육구연陸九淵은 "번거로움을 견디는 것이 학문의 맥"이라고 했다. 정신을 집중하여 반복하고 침착하게 그 안에 담긴 뜻을 새기는 것만이 올바른 학습이다.

효도도 천천히 해야 한다. 부모님을 모시고 단 한 번 사치스러운 여행을 다녀오는 것보다는 평소에 부모님과 시간을 자주 보내는 것이 낫다. 자녀가 곁에서 말벗이 되고 집안일을 도와주는 것이야말로 부모님이 진정으로 원하는 따뜻한 효도다.

후회도 느리게 해야 한다. 1초만 지나면 그전에 했던 선택이 옳았다는 것을 발견할 수 있다. 삶의 변화는 갑자기 찾아오며 사람의 의지로 바꿀 수 있는 것이 아니다. 후회의 순간이 고통스럽다고 하면서 무엇 때문에 그것을 반복하려 하는가?

기대도 느리게 하며 때로는 운에 맡겨 두는 것이 좋다. 좋은 운에도 해가 뜨고 달이 기우는 것처럼 규칙이 있다. 독촉하지 않아도 저절로 찾아올 것이다.

우리 곁에는 '쳇바퀴'처럼 열심히 속도를 내는 사람들이 많다. 그러나 침착하고 담담하게 걸음을 늦추면 겨울과 여름, 봄과 가을을 알 수 있다. 이 순간 걸음을 늦추고 사랑하는 사람을 먼 곳까지 배웅해보자. 어깨를 힘껏 펴고 큰 보폭으로 나아가보자. 결국 길은 다르지만 목적지는 같으니 초조할 것이 무엇인가!

삶에도 리듬이 필요하다는 사실을 알게 되면 빠른 것은 빠른 대로 장점이 있고 느린 것은 느린 대로 아름다움이 있다는 것을 깨닫게 된다.

스쳐 지나간 인연들의
영향 아래에서

어느 해 11월, 베네치아에 황혼이 드리울 무렵이었다. 나는 다리 옆에 있는 한 카페에서 느긋하게 커피를 마시고 있었다. 베네치아의 겨울은 습기가 많고 추워서 그다지 쾌적하지 않다. 곤돌라를 타고 차가운 강바람을 맞느니 차라리 양지바른 카페에 앉아 꼼짝 않는 것이 낫다.

나는 오후 1시부터 5시까지 앉아 커피를 두 번 주문했다. 잘생긴 이탈리아 젊은이가 서비스로 간식을 가져다주었다. 다른 테이블의 손님들은 웹서핑을 하거나 작은 목소리로 이야기를 나누고 있었다. 카페 안의 분위기는 편안하고 쾌적했다.

해 질 무렵 나는 계산을 하고 나갈 준비를 했다. 그때 옆 테이블에서 갑자기 한 노인이 일어났다. 나처럼 나가려나보다 하고 생각했는데 그가 비틀거리며 내 자리로 걸어왔다. 놀라서 바라보는 나에게 노인은 미소 띤 얼굴로 카드 한 장을 내밀었다. 그러고 나서 내가 알아듣지 못하는 이탈리아어로 한마디 했다.

고개를 끄덕이며 인사하더니 이번에는 다른 테이블에 앉아 있던 연인에게 다가갔다. 그리고 그들에게도 내게 준 것과 같은 카드를 건넸다. 그렇게 카페 안에 있던 사람은 모두 노인이 준 카드를 받았다. 그 잘생긴 종업원도 예외가 아니었다.

나는 고개를 숙여 카드를 들여다보았다. 이탈리아어로 된 문장 아래 영어로도 한 문장이 쓰여 있었다.

"이 카페에서 당신과 만나 반갑습니다. 당신이 선사한 조용한 오후에 감사하며 나의 진심 어린 축복을 전합니다."

사람들은 이 카드를 읽고 멍해졌다가 금세 미소를 지었다. 나도 마찬가지였다. 카드를 쥐고 고개를 들어 감사하다고 몇 마디 전하려 했다. 그러나 노인은 이미 문을 나서고 있었다. 그의 구부정한 뒷모습은 베네치아의 분홍색 황혼 속에서 회색 곡선을 그리며 유난히 다정하고 따뜻해 보였다.

나는 그 카드를 아직도 보관하고 있다. 그것을 볼 때마다 봄바람을 느끼게 해주었던 그날 오후가 생각난다.

우리는 모두 서로에게 스치는 인연일 뿐이다. 그러나 그 노인은 스쳐 가는 모든 사람을 자신이 대접할 소중한 손님으로 여겼다. 그리고 그들이 마치 자기 집에 온 것 같은 편안함과 기쁨을 느끼도록 해주었다.

한 지인과 비행기를 타고 싱가포르에 가는 길이었다. 식사 시간이 되자 아름다운 스튜어디스가 그에게 웃으며 다가오더니 와인 한 잔을 내려놓았다. 남자는 미소로 화답했다. 두 사람 사이에 말은 오가지 않았으나 미묘한 분위기가 흘렀다.

스튜어디스가 돌아간 뒤 나는 그의 와인 잔을 들고 자세히 살펴보았다. 술잔 밑에 주소나 전화번호가 적힌 쪽지라도 있을 것 같아서였다. 그가 웃음을 터뜨렸다.

"수상할 것도 많다. 사실 저 사람은 헤어진 여자 친구야."

그제야 의문이 풀렸다. 하지만 저렇게 멋진 외모와 몸매에 교양이 넘치는 그녀와 헤어졌다니, 그 이유가 궁금했다. 나의 질문에 그의 표정이 어두워졌다. 그는 그때 자신이 젊고 혈기 왕성하여 철이 없었다고 대답했다. 몇 번 크게 다퉜고, 심한 말로 상처를 주어 여자가 절망하고 떠났다는 것이다. 그의 이야기를 듣고 나는 이해할 수 없었다. 연인 사이에 그토록 심한 다툼이 있었다면 다시는 마주치고 싶지 않은 것이 정상 아닌가.

"나도 그날 이후로 다시는 못 만날 줄 알았어. 그런데 비행기를 탔다가 우연히 그녀와 마주친 거지. 그녀는 내게 화를 내거나 냉담하게 대하지 않았어. 그저 웃으며 다가와 내 앞에 와인 한 잔을 놓고 갔지."

"옛날처럼 다시 만나고 싶다는 뜻일까?"

그가 고개를 저었다.

"저 여자는 나뿐만 아니라 다른 사람에게도 마찬가지야. 아무리 미워도 다시 만나면 술 한 잔 대접하고 웃어주는 사람이지. 마음 깊은 곳에 날 미워하는 마음이 남아 있을까? 그건 잘 모르겠어. 하지만 사람을 편안하게 해주는 사람이야."

나는 고개를 끄덕여 그의 생각에 동조했다. 불현듯 어린 시절 손님이 집에 찾아왔을 때가 생각났다. 재미있게 놀다가도, 아니면 그 손님을 싫어해도 나는 집에 누군가가 오면 어김없이 부모님이 시키는 대로 인사하고 차를 따라드렸다. 손님이 갈 때는 문 앞까지 나가 인사를 해야 했다. 아버지는 그것이 최소한의 예의범절이라고 하셨다.

한동안 텔레비전 제작팀과 일하면서 중견 남자 배우 한 분을 알게 되었다. 시간이 지나면서 그의 성품에 마음이 이끌렸다. 친절하고 진솔한 그는 누구를 만나도 다정하게 인사를 건넸다. 제작진에게 큰 소리로 말하는 법이 없었으며 차를 따라주면 고맙다는 인사를 잊지 않았다.

상자를 나르는 사람에게도 친절했으며, 저녁이면 그들을 자신의 방으로 불러 술을 마시고 이야기를 나눴다. 그러면서도 결코 귀찮은 기색이 없었다. 유명해지면 거만까지는 아니더라도 어느 정도는 고압적인 자세로 변하기 마련인데 그는 연예계에서 아주 드문 유형의 사람이었다.

그와 이야기를 나누다가 연예계 생활에서 가장 큰 수확이 무엇이냐고 물었다. 연기 실력이나 상을 받은 이야기가 나오리라 기대했던 내게 그는 "사람"이라고 대답했다. 연기 생활을 수십 년 해오면서 그는 긴 시나리오를 외우는 것보다 각양각색의 사람을 알아야 하는 것이 가장 큰 스트레스였다고 했다.

감독, PD, 동료 배우, 스크립터, 조명, 미술, 의상, 분장, 그 외 여러 분야의 제작진…. 대부분 이름은커녕 얼굴로 간신히 익혀야 한다. 몇 달 동안 함께 일하면서 알아야 하는 사람만 최소 300~400명이니까. 최근 몇 년간 그는 거의 100편에 가까운 작품에 출연했으니 알고 지내야 했던 사람의 수도 어마어마할 것이다.

"그렇게 많은 사람들과 만나면서 귀찮지 않나요?"

나의 물음에 그가 웃었다.

"솔직히 말해서 젊었을 때는 귀찮았어요. 하지만 나중에 조금씩 그 맛을 알게 되었습니다. 쉬는 시간에 그들이 하는 일을 옆에서 지켜보면 재미있더군요. 신인 연기자는 긴장한 나머지 NG를 연발하고 시체 역할을 맡은 엑스트라는 임금을 못 받았다고 계속 투덜거리죠. 의상이나 분장이 잘못되면 담당자들이 감독에게 야단맞고, 감독은 또 제작자에게 한마디 듣습니다. 작가는 현장에서 대사를 바꾸느라 머리카락이 휘날릴 정도로 바쁩니다.

도시락을 배달하는 사람은 두 사람 몫을 덜 가져와 애를 먹기도 하고요. 이런 것들이 얼마나 재미있는지 모릅니다. 전혀 몰랐던 사람들이고 앞으로 다시 못 만날 수도 있지만 그들이 있어서 모든 작업이 활기차고 훌륭하게 돌아가는 겁니다."

"그래서 모든 사람을 존중하는 건가요?"

"그게 당연한 것 아닌가요?"

그가 반문했다.

"10년 동안 같은 배를 타고 항해하며 100년 동안 같은 베개를 베고 잠이 드는 사이가 될 수도 있습니다. 설사 이번 생에서 단 한 번 악수하고 단 한 번 마주쳤더라도 전생에 긴 시간의 인연이 있었을 겁니다. 그들을 존중하는 것은 곧 자신이 힘들여 쌓은 인연을 존중하는 것이 아니겠습니까?"

살면서 과연 얼마나 많은 사람이 우리 곁을 스쳐 지나갈까? 그들을 '가볍게 스쳐 가는 인연'으로 대해야 할까, 아니면 '묵직한 손님'으로 대해야 할까?

중국인들이 가장 중요하게 여기는 말 중에 "오는 사람은 모두 손님"이라는 말이 있다. 아무리 가난한 집이라도 손님을 대접하는 데 있어 '예의'와 '체면'을 따진다는 뜻이다.

한창 부부 싸움을 하거나 아이를 훈육하다가도, 집 안이 온통 엉망이라도 손님이 오면 재빨리 수습하고 가장 좋은 것을 내놓는다. 그리하여 자애로운 부모와 효심이 가득한 자녀, 사이좋은 부부, 원만한 가정의 모습을 보여주는 것이다.

손님에게 항상 밝은 얼굴로 대하며, 상대가 마음에 안 드는 언행을 하더라도 교양 있게 행동한다. 손님이 떠날 때는 덕담을 하고 선물을 주어 만족한 채 돌아가게 한다.

낯선 사람에게는 이런 배려를 하지 않을 것이다. 버스 안에서 남의 자리를 빼앗고도 어차피 서로 모르는 사이라 상관없다고 여기며 무시한다거나 음식점의 종업원들이 욕설을 하여 손님이 불쾌한 내색을 해도 수습하지 않는다거나. 기껏해야 그 손님이 다시 가게에 안 오기밖에 더하겠는가.

위조지폐도 사용하려고 마음먹으면 얼마든지 가능하다. 가게에서는 그 많은 손님을 일일이 다 기억할 수 없을 테니 말이다. 날마다 "실례합니다", "감사합니다", "미안합니다"라고 말하는 것도 귀찮다. "어이"라고 짧게 응수하거나 아예 침묵으로 일관하는 것이 힘도 안 들고 더 직접적이다.

그러나 나에게 자리를 빼앗기고, 욕설을 듣고, 속았던 사람들이 모두 내 집을 방문하는 손님이라면 어떨까? 그들을 정성껏 대접해야 한다면 감히 그렇게 함부로 대할 수 있을까? 아마도 그 뒤에 올 결과를 생각해 함부로 대하지 못할 것이다.

사실 우리가 고려하는 것은 다른 사람의 심정이 아니라 자기 체면이다. 우리는 인생이 짧아 다시 만날 일이 없다고 생각한다. 마지막에 가서야 그동안 나를 스쳐 갔던 인연들이 내 삶에 영향을 미쳐 어느 순간 소리 없이 나에게 돌아오는 것을 발견하게 된다.

스쳐 지나가는 가벼운 인연도 언제든 손님이 될 수 있다. 최소한의 예의를 지켜서 나쁠 것이 없다. 게다가 우리는 때때로 원치 않는 운명의 장난에 맞닥뜨리게 되지 않는가. 어깨를 스치고 지나갔다고 해도 영원한 작별은 아니며, 작별했다고 다시는 못 보는 것도 아니다.

중요하게 생각하지 않고 심지어 냉담하게 대했던 행인이 어느 날 갑자기 귀한 손님으로 변해 당신을 찾을 수도 있다. 이것이야말로 운명의 전환점인 것이다. 한 잔의 차, 한 주전자의 술을 따라주어야 할지도 모르는 사람과 굳이 심각한 갈등을 일으키며 껄끄럽게 지낼 필요가 있을까?

훌륭한 공연을 볼 시간은
아직 충분하다

새벽녘, 갑자기 처절한 알람 소리가 울리며 방 안의 정적을 깨뜨렸다. 남자는 여전히 꿈속에서 빠져나오지 못하고 비몽사몽이었다. 손을 뻗어 침대 머리맡에 놓인 알람 시계를 눌렀다. 그는 전날 밤에 했던 결심을 무시해버렸다. 알람이 다시 연달아 울렸다. 가장 멀리 있던 알람 시계가 현관 신발장 위에서 미친 듯이 울어댔다.

그는 고통스럽게 귀를 감싸고 몸을 동그랗게 구부렸다. 그러나 결국에는 이불을 박차고 일어나 여기저기에 놓여 있던 알람 시계를 찾아서 눌렀다. 차가운 바닥을 맨발로 딛고 잠시 멍하니 서 있다가 다시 몸을 돌려 소파 위에 널려 있는 옷가지를 향해 갔다. 차가워진 가을 옷이 피부에 닿는 찰나, 그는 한기에 몸을 떨며 완전히 잠에서 깨어났다.

그는 버스 정거장까지 한달음에 뛰어갔다. 원래는 근처 이동식 가게에서 파는 만두 몇 개로 허기를 채울 작정이었다. 그러나 지각한 다음 벌어질 일을 생각하고는 이를 악물고 버스부터 타기로 했다.

만원 버스 안은 창문을 열지 않아 덥고 답답했다. 역겨운 냄새가 풍겨왔다. 땀 냄새와 입 냄새, 향수 냄새가 뒤섞였다. 사람들 사이에 끼어 있으니 몸이 납작해지면서 심장이 목구멍을 통해 튀어나올 것 같았다.

다행히 회사로 뛰어 들어가 출근 카드를 무사히 찍었다. 자리로 가서 엉덩이를 붙이기도 전에 부장이 소환했다.

"회의합시다!"

회의 내용은 최근 개인 업무 성과를 보고하는 것이었다. 다행히 새벽 4시까지 자지 않고 완성한 광고시안이 부장에게 좋은 평가를 받았다. 그는 안도의 한숨을 내쉬고 관자놀이를 가볍게 눌렀다. 머리가 지끈거렸다. 어제 저녁 두 시간밖에 못 잔 탓일 것이다. 아니다. 며칠 동안 계속 잠을 제대로 못 자고 있다.

그렇다고 다른 도리가 없다. 시간이 촉박하고 할 일은 많으니 당장 주어진 일을 해내지 못하면 해고될 수도 있다. 천신만고 끝에 겨우 들어온 대기업이 아닌가! 여기서 해고되면 친구들이 비웃을 것이 뻔하다. 하지만 여기서 살아남으면 회사의 스톡옵션을 받을 자격이 생기고 승진과 월급 인상의 기회도 잡을 수 있다. 연간 수입이 이미 일곱 자리에 달하는 선배도 있다.

그때까지만 견디면 이 대도시에서 제대로 자리 잡은 셈이라고 그는 생각했다.

오전 내내 계속된 회의가 끝나고 자리에 돌아오자 책상 위에 놓인 전화가 울렸다. 사장님 호출이다.

그가 사장실에 들어서자 사장이 서류 더미를 집어던졌다. 어젯밤에 고객에게 보낸 자료를 회사 로고가 들어간 편지지에 인쇄하지 않았다는 이유였다. 그는 이번 일은 그렇게 중요한 것이 아니라고 해명했지만 사장은 더 크게 화를 내며 한바탕 훈계를 늘어놓았다. 그는 바닥에 널린 서류를 다 정리하고 처음부터 다시 제대로 해오겠다고 다짐하고서야 그 방에서 나올 수 있었다.

사장실에서 나오니 이미 점심시간이 한참 지나 있었다. 그는 한숨을 쉬었다. 머리가 더 아파왔다. 한참 지나고 나서야 그는 겨우 서류를 재발송할 수 있었다.

부장이 지시한 새 업무가 하달되었다. 새로운 시안을 이틀 만에 편집하라는 내용이었다. 그가 항변했다.

"그건 불가능합니다. 대여섯 명은 투입되어야 할 수 있는 일을 저 혼자 어떻게 하라는 말씀입니까?"

부장이 말했다.

"하는 수 없네. 다들 맡은 일이 있고 고객은 급하다고 하는데 어쩔 수 없지 않겠나? 수고스럽지만 야근을 해서라도 이번 시안은 제때 나와야 하네."

"정말 자신이 없습니다."

그의 말에 부장이 어깨를 토닥였다.

"젊은 사람이 게으름을 피우면 안 되지. 자네 겨우 20대인데 젊어서 고생은 사서도 한다고 하지 않나? 좋은 집과 좋은 차, 성공하여 금의환향하고 싶다면 젊었을 때 열심히 해야지."

그는 아무 말도 할 수 없었다. 늘 그렇듯 오늘도 어쩔 수 없이 부장에게 자료를 받아들고 편집실로 향했다.

편집실의 공기는 버스 안보다 더 혼탁했다. 연기가 자욱한 공기 속에서 동료 몇 명이 컴퓨터 앞에 엎드려 자고 있었다. 문이 열리는 소리에 그들은 고개를 잠시 들었다가 이내 팔을 베고 다시 잠에 빠져들었다. 이미 며칠 동안 밤샘 작업을 한 모양이었다.

탁자 위에는 반만 먹고 남긴 라면, 어지럽게 널린 담배꽁초와 담뱃재가 수북했다. 아무 데나 벗어놓은 신발도 한쪽에 널브러져 있었다. 이 장면을 바라보던 그는 구역질이 났다.

고개를 들어보니 편집실 벽에는 누가 붙여놓았는지 커다란 백지가 붙어 있었고, 그 위에는 삐뚤삐뚤한 글씨로 "성공하지 않으려면 차라리 죽어라!"라고 적혀 있었다. 그 내용에 자극을 받았는지 그는 탁한 공기를 한 번 들이쉬더니 컴퓨터 앞에 자리를 잡고 앉았다.

시간은 계속 흘렀다. 그는 온 신경을 작업에 집중했다. 움직이는 화면에 눈을 고정하고 끊임없이 마우스를 움직였다. 눈이 뻑

뻑한 나머지 앞이 흐릿하게 보였다.

어디선가 음식 냄새가 풍겨왔다. 누군가 라면을 끓인 것이다. 그는 비로소 자신이 온종일 아무것도 먹지 않았다는 사실을 떠올렸다. 라면을 먹는 사람에게 다가가 아는 척하고 몇 젓가락 먹었다. 그리고 컴퓨터 앞으로 돌아와서 하던 일을 계속했다.

기계실의 커튼은 늘 드리워져 있어서 시간을 가늠하기 어려웠다. 귓전에는 키보드 두드리는 소리만 들렸다. 어쩌다 정신을 차려보면 주변이 어둑어둑하여 자신이 어디에 있는지조차 잊어버릴 지경이었다. 휴대폰으로 확인해보니 이미 40여 시간 동안 앉아 있었다.

피곤해서 더는 버티기 어려웠다. 그는 허리를 곧게 펴고 고개를 움직여보았다. 뼈에서 우두둑 소리가 나며 목이 뻣뻣하고 아팠다. 손으로 만져보니 근육이 단단하게 뭉쳐 있었다. 그는 자신의 건강에 이상이 온 것을 알고 있었다.

지난달 병원에 갔을 때 의사는 그의 목뼈와 등뼈가 거의 50세 수준이라고 알려주었다. 그리고 같은 자세로 오랫동안 앉아 있지 말고 날마다 일정 시간을 투자해 운동해야 한다고 충고했다. 그는 쓴웃음을 지을 수밖에 없었다. 바쁘게 돌아가는 이 도시에서 걸어 다니며 일할 수 있는 사람은 집배원밖에 없을 것이다.

머리가 경추를 따라 다시 아팠다. 통증은 더욱 격렬해졌다. 그는 눈을 감았다. 아까 먹은 라면이 목에 걸린 것처럼 답답했다. 기름진 덩어리를 삼킬 수도 넘길 수도 없어서 괴롭기 짝이 없었다.

'맡은 일은 어떻게든 끝내야 한다.' 그는 일을 끝낼 시간을 가늠해 보면서 컴퓨터를 다시 들여다보았다. 마지막 부분의 편집만 끝내면 되는데 아무리 애써도 정신을 집중할 수 없었다. 차라리 인터넷 서핑이라도 하면서 머리를 식히는 것이 좋을 것 같았다. 그는 관자놀이를 누르며 SNS에 접속하여 친구가 보내온 포스팅을 하나 골라 읽기 시작했다.

글의 제목이 재미있었다.

"가장 좋은 자리에서 깊이 잠들지 말라"

한 외국 소설가가 쓴 이야기였다. 작은 마을에 서커스단이 공연을 왔는데 현지에서 일할 사람을 모집했다. 3시간 일하면 무대 밖까지 들어올 수 있는 표 1장을 주고 6시간을 일하면 서커스장 내부 좌석표 1장을 주며, 하루 종일 일하면 앞자리의 가장 좋은 자리를 주겠다고 했다.

가난한 형제는 하루 종일 일하여 가장 좋은 표를 받기로 했다. 그리하여 그들은 힘들기 짝이 없는 노동을 감내했다. 각종 마술 도구를 운반하고 무대를 설치했으며, 점심때에도 차가운 만두 하나만 먹었다. 24시간 동안 눈을 붙이지 않고 그들은 서커스를 볼 수 있다는 신념으로 버텼다. 24시간이 지나자 형제의 피로는 극에 달했다. 마침내 두 사람은 가장 앞자리 중간의 좌석표를 각각 얻게 되었다.

이날 저녁 모든 사람이 멋진 옷을 입고 기대에 부풀어 서커스를 관람했다. 형제는 먼지투성이 작업복을 입고 온몸이 땀에 젖은 채 맨 앞자리에 앉았다. 멋진 서커스 공연이 시작되고 오토바이 묘기 소리와 어릿광대의 코미디, 관중들의 웃음소리가 들려왔다. 그러나 두 사람은 밀려오는 피로를 이겨내지 못하고 기뻐하는 사람들 틈에서 잠들어버렸다.

글은 이 말로 끝맺고 있었다.

"당신은 적당히 노력하고 적당한 자리에서 기분 좋게 공연을 감상하기를 원하는가, 아니면 온 힘을 빼버리고 사람들이 부러워하는 자리에서 잠들기를 바라는가? 사람이 한세상을 사는 것은 과연 '자리'를 위해서인가, 아니면 '공연을 보기' 위해서인가?"

그는 컴퓨터를 멍하니 응시하며 몸의 어딘가를 격렬하게 두들겨 맞은 느낌이 들었다. 화면의 미약한 빛이 시야 중 어느 한 곳을 덮었다. 그는 자신이 이 작은 빛에 갇혀 있었음을 발견했다. 그는 일어나서 달아나고 싶었지만 조금의 기운도 남아 있지 않았다. 그는 잠이 들면 안 되니 흔들어 깨워달라고 외치고 싶었지만 목소리는 이미 잠겨서 말이 되어 나오지 않았다.

그는 마침내 책상을 짚고 천천히 몸을 일으켰다. 머리가 터질 듯 아팠다. 고개를 들었을 때, 그는 벽에 있는 글씨를 다시 바라보았다. 그는 거의 무의식적으로 손을 뻗어 '성공하지 않으면 차라리 죽는 것이 낫다'는 글자가 써진 종이를 움켜잡았다. 그리고 힘껏 찢어버렸다.

오래된 벽에서 먼지가 사방으로 날리며 낡은 종이가 뜯겨나갔다. 그는 숨이 막혀 한 걸음 물러섰다. 뻣뻣한 몸은 아까부터 자기 것 같지가 않았다. 의자에 부딪혀 몇 걸음 비틀대다가 다행히 넘어지지 않고 입구까지 다가갔다.

문이 열렸다. 눈부신 햇살이 갑자기 온 세상으로 쏟아졌다. 그는 힘을 주어 눈을 감았다. 머리가 흰색으로 가득 찬 것 같았다. 주변은 아무 소리도 들리지 않았다. 뻣뻣한 몸이 따뜻한 햇볕에 조금씩 누그러졌다. 한참 후 그는 눈을 뜨고 가볍게 숨을 토해냈다. 몸을 돌려 식당을 향해 천천히, 한 걸음씩 걸어갔다. 음식 냄새가 바람을 타고 가까워졌다. 사람들의 웃음소리도 점점 또렷해졌다.

모든 것은 아직 늦지 않았다고 그는 생각했다.
훌륭한 공연을 볼 시간은 아직 충분하다.

시간이 모든 것을
증명한다

다섯 살 소녀는 쇼윈도에 놓인 깜찍한 바비 인형을 가리키며
말했다.

"엄마, 저 인형 사주세요. 나는 인형을 잘 보살펴줄 거예요."

엄마가 말했다.

"금방 싫증을 내고 나중에는 버리게 될 거야."

그녀가 단호하게 말했다.

"그렇지 않아요."

소녀는 열다섯 살이 되었다. 그녀는 그림을 좋아했다. 하지만
태어날 때부터 손가락이 기형인 탓에 붓을 꼭 쥘 수가 없어 세밀한
부분을 표현하기가 어려웠다. 선생님은 그런 그녀를 위로했다.

"상관없어. 아름다운 풍경을 남기지는 못하지만 마음에는 새겨둘 수 있잖니."

그녀가 잠시 생각하더니 말했다.

"방법은 있어요."

소녀는 스물다섯 살 숙녀가 되었고, 한 남자를 사랑했다. 그러나 남자는 그녀를 사랑하지 않았다. 그녀가 말했다.

"네가 가장 행복할 때는 나타나지 않을게. 하지만 어느 날 네가 불행해진다면 나는 영원히 너의 곁을 지킬 거야."

남자는 개의치 않고 웃었다. 그리고 놀리는 말투로 물었다.

"'영원히'가 얼마나 긴 시간인지 알아?"

여자가 입술을 깨물더니 말했다.

"한평생이겠지."

그녀가 서른다섯 살이 되었을 때, 그 남자는 결혼했다. 하지만 신부는 그녀가 아니었다. 그녀는 뜻밖의 결정을 내렸다. 안정적인 공무원직을 그만두고 유일한 재산인 집을 팔아 세계 일주를 떠난 것이다. 친구들이 모두 말렸다.

"그럴 필요가 있니? 누구나 마음대로 자기 삶을 선택할 수 없는 거야. 부모님을 생각해서라도 운명을 받아들이고 다른 남자를 찾아 편안하게 살아."

그녀가 고개를 저었다.

"난 선택할 수 있어."

마흔다섯의 그녀는 두 차례에 걸친 세계 여행을 마치고 10여 권의 사진집을 출판했다. 책은 인기리에 팔렸다.

그녀는 부모님을 모시고 세계 여러 나라에 다녀왔다. 가장 잘 팔리는 사진집은 부모님과 함께 한 여행 기록이었다. 책의 속지에는 세 식구가 서로 기대어 밝게 웃는 사진이 실려 있었다. 붓을 잡을 수 없었던 그녀는 세상을 기록하는 방법을 바꾼 것이다.

누군가 온라인상에서 그런 그녀를 비웃었다. 그토록 많은 책을 출판한 것이 돈을 위해서가 아니고 무엇이겠냐고. 그녀가 대답했다.

"아름다움을 위해서죠."

쉰다섯이 되었을 때, 그녀는 첫사랑이었던 그 남자 곁에 있게 되었다. 그가 불의의 자동차 사고로 몸을 못 쓰게 되자 그의 아내가 전 재산을 챙겨 그를 버리고 떠난 것이다. 유일한 재산인 집 한 채와 이제 막 대학에 들어가 아직 돈벌이를 못 하는 딸만 남겨둔 채.

그녀는 그를 찾아갔다. 20년 만에 다시 만난 남자의 모습은 많이 변해 있었다. 싱그러웠던 소년은 이제 한쪽으로 고개를 돌린 채 침을 흘리고 있었으며, 온몸에서는 악취가 났다. 그는 휠체어에 앉아 꼼짝도 못 한 채 그녀를 바라보며 눈물만 흘렸다.

그녀도 울었다. 그리고 말했다.

"나 왔어."

그녀가 예순다섯이 되었을 때, 소문이 돌았다. 그녀가 남자를 오랫동안 보살피는 이유가 남자 명의로 된 유일한 집 한 채 때문이라고.

남자의 딸도 점점 그 소문을 믿기 시작했다. 그녀는 딸이 대학에 다니고 석사과정을 마칠 때까지 오랫동안 학비를 보내주었다. 그러나 그녀와 눈을 마주치면 여전히 뭔가 의심하는 듯했다. 그녀를 잘 아는 친구가 충고했다.

"남자가 의식이 아직 또렷할 때 등기를 옮겨둬. 집을 부부의 공동 재산으로 만들어두란 말이야. 그래야 남자가 죽고 나서 헛수고는 면할 수 있을 테니."

그녀가 웃었다.

"그럴 필요 없어."

그녀가 일흔다섯이 되던 해 그는 미소를 머금고 세상을 떠났다. 떠나기 전 그는 혈색 좋은 얼굴에 단정히 빗질한 머리와 깨끗하게 씻은 몸으로 새하얀 침대보 위에 누웠다. 머리맡에는 싱싱한 백합이 은은한 향을 풍기고 있었다.

변호사가 유서를 공개했다. 남자는 집을 그녀의 앞으로 남겼다. 그녀는 이를 거절하고 변호사를 통해 집을 팔아 절반은 남자의 딸에게 주고 절반은 자선기금으로 기부했다.

딸은 그녀의 앞에 무릎을 꿇고 눈물을 흘리며 용서를 빌었다. 그녀는 딸의 머리카락을 쓰다듬으며 몸을 굽혀 딸의 뺨에 입을 맞췄다. 그리고 온화한 목소리로 말했다.

"괜찮아."

그녀가 여든다섯이 됐을 때, 그녀는 인생의 마지막 사진집을 출판했다. 남자를 촬영한 사진들이 가득 들어 있었다.

휠체어에 앉아 고개를 갸웃한 채 그녀가 책을 읽어주는 것을 듣는 장면, 미소를 띠고 꽃을 감상하거나 바다를 바라보는 모습, 침대에서 편안하게 잠든 모습, 식탁 앞에서 입을 크게 벌리고 그녀가 음식을 떠먹여 주기를 기다리는 모습, 그녀의 품에 기대어 조용히 눈물을 흘리는 모습…. 심지어 힘들면서도 그녀를 향해 장난스러운 표정을 지어 보이는 사진도 있었다.

책의 마지막 장에는 남자가 열다섯 살 때 찍은 사진이 실렸다. 하얀 셔츠를 입고 햇살 아래에서 이쪽을 바라보고 있었다. 젊고 활기찬 소년은 찬란하게 웃고 있었다. 그녀는 그 아래에 이렇게 썼다.

"널 사랑해."

그녀의 나이 아흔다섯, 그녀는 정원에 놓인 흔들의자에 앉아 햇볕을 맞으며 가늘게 눈을 떴다. 딸이 그녀의 뒤에 서서 어깨

를 가볍게 주물러 주고 있었다. 그녀는 다섯 살 때 받은 바비 인
형을 품에 안고 있었다. 인형의 옷은 하도 빨아서 색이 바랬으나
그녀는 여전히 품에 꼭 안고 있었다. 입가에는 행복한 미소가 배
어 있었다. 자신의 앞을 비춰주는 빛 속에서 그녀는 마치 자신의
묘비명에 쓰일 글씨가 보이는 듯했다.

"해냈다."

　많은 사람이 모든 포기와 냉담함, 망각의 죄를 시간의 탓으로
돌림으로써 그것을 속죄양으로 삼는다. 그러나 시간은 조용하고
공평하다. 추악하고 실패할 때도 시간은 조용히 죄를 뒤집어쓰
며, 선량함과 성장을 위해서는 빛나는 훈장을 걸어준다.

　화가 창위常玉는 생전에 큰 주목을 받지 못하고 가난하게 살다
세상을 떠났다. 그러나 몇 년이 지나자 그의 그림은 억 단위가
넘는 가격에 팔리게 되었다. 시간이 그가 창조한 예술의 가치를
증명한 것이다.

　리처드 기어의 영화 '하치 이야기'의 실화이기도 한 일본의 강
아지 하치코는 주인 우에노를 만나기 위해 시부야 역에서 나타
나지 않는 주인을 무려 8년이나 기다렸다. 한 마리의 개가 보여
준 충직함과 기다림을 시간이 증명해준 것이다.

　몽고메리 장군은 미망인 베티를 사랑했다. 그녀가 병으로 죽
고 나서도 그는 평생 재혼하지 않았다. 처칠이 이렇게 말할 정도
였다.

"잉글랜드 전체가 당신이 고독한 것을 원치 않습니다."

그는 "한 여인을 사랑하고 다른 여인을 사랑할 수 없는 것은 마치 제가 쥔 총에 하나의 가늠쇠만 있어야 하는 것과 같습니다"라고 대답했다. 시간은 그의 사랑이 유일하고 영원하다는 것을 증명해주었다.

시간을 두려워하지 말아야 한다. 마음이 반석처럼 단단하다면 시침과 분침이 충실한 목격자가 되어 당신의 수고와 노력을 기록해줄 것이다.

시간을 우습게 생각해서도 안 된다. 시계가 똑딱거리는 소리는 차갑고 틀에 박힌 방관자로 끝나지 않는다. "청춘은 쉽게 지나간다, 청춘은 쉽게 지나간다"라며 따뜻하지만 진지하게 당신을 독촉할 것이다.

시간은 선홍색 훈장이자 깊이 새겨진 상처이며, 성공의 꽃이자 영원한 비문碑文이다. 또한 시간은 주인이 기억하지 못하는 한 권의 비밀 일기로 남았다가 몇 년이 흐르고 우연히 발견되어 자신이 그토록 심금을 울리는 글귀를 썼노라고 알려줄지도 모른다. 그 내용은 책으로 남겨 전해지며 평생 간직할 수도 있다.

러시아의 시인이자 소설가 미하일 레르몬토프는 이런 시(한국어판에는 원문에 수록되어 있지 않은 레르몬토프의 시 〈돛〉의 전문을 실었다.-편집자)를 남겼다.

푸른 바다 안개 속에
외로이 반짝이는 흰 돛 하나
너는 머나먼 나라에서 무엇을 찾는가
정다운 고향에 무엇을 버렸기에

파도는 춤추고 바람은 소리친다
돛대는 휘면서 삐걱거린다
아, 그는 행복을 찾고 있는 것은 아니다
그러므로 행복을 위해 달리고 있는 것도 아니다

아래에는 파란 파도 넘실대고
위에는 황금빛 햇살이 눈부신데
그는 미친 듯 폭풍을 갈망한다
미친 폭풍 속에 평온이 있듯이!

찬란함과 어두움, 영원과 추락, 만남과 이별을 막론하고 모든 것은 강조할 필요가 없다. 이 세상의 여러 가지 모습이 괴상하게 변하고 맹렬한 바람이 불을 일으키고, 거센 파도가 산호초를 때리게 내버려 두자. 마음을 가라앉히고 웃으며 편안하게 기다리면 될 일이다.

우리는 한때 충격을 견디지 못했으나 마침내 총과 칼의 충격을 이겨내게 될 것이다.

사랑했고, 실수했으며, 모든 것이 지나갔다.
좋은 일, 나쁜 일, 모든 것은 과거가 되었다.

시간이 모든 것을 증명할 것이다.

시간이 너를 증명한다

2017년 11월 17일 초판 1쇄 | 2018년 5월 23일 4쇄 발행
지은이·뤄후이
옮긴이·차혜정
펴낸이·김상현, 최세현
책임편집·정상태, 양수인 | 디자인·김애숙

마케팅·권금숙, 김명래, 양봉호, 임지윤, 최의범, 조히라
경영지원·김현우, 강신우 | 해외기획·우정민
펴낸곳·㈜쌤앤파커스 | 출판신고·2006년 9월 25일 제406 - 2006 - 000210호
주소·경기도 파주시 회동길 174 파주출판도시
전화·031 - 960 - 4800 | 팩스·031 - 960 - 4806 | 이메일·info@smpk.kr

ⓒ 뤄후이(저작권자와 맺은 특약에 따라 검인을 생략합니다)
ISBN 978-89-6570-539-0 (03820)

쌤앤파커스(Sam&Parkers)는 독자 여러분의 책에 관한 아이디어와 원고 투고를 설레는 마음으로 기다리고
있습니다. 책으로 엮기를 원하는 아이디어가 있으신 분은 이메일 book@smpk.kr로 간단한 개요와 취지,
연락처 등을 보내주세요. 머뭇거리지 말고 문을 두드리세요. 길이 열립니다.